小手鞠るい

働く女性に贈る27通の手紙

望月衿子

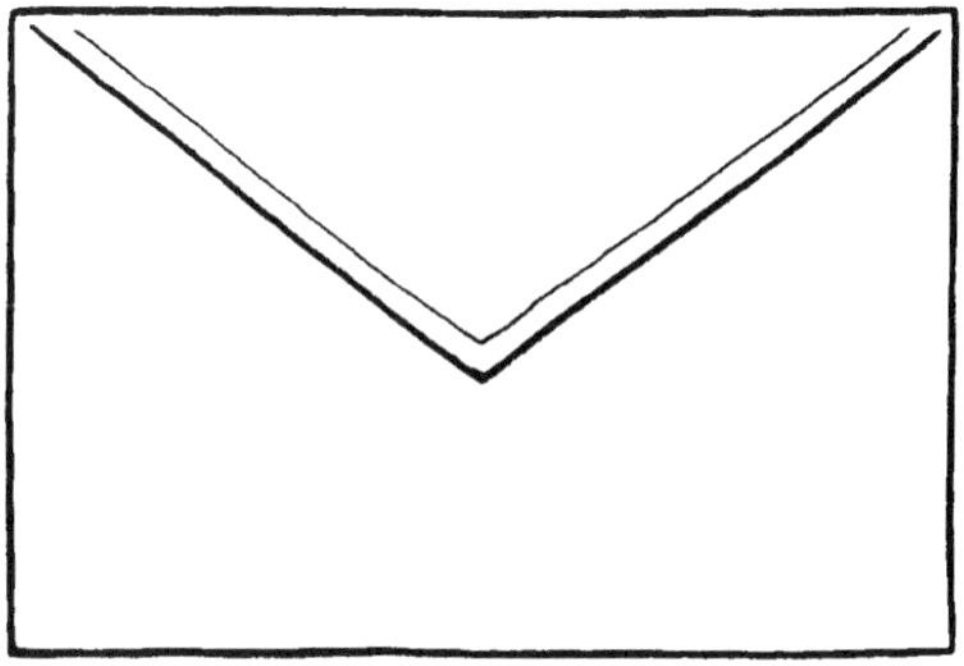

SHC

もくじ

まえがき

小手鞠るいさんという作家の名前の横に並ぶ「望月衿子」という私の名前を見て、ピンと来る人はたぶんいない、いや、誰ひとりとしていないはずだ。

私は日ごろ、別名でライターとして活動している、四十歳になったばかりの女である。この名前で本を出すのは初めてのことであり、だから誰も私を知るわけがないと言い切れる。

ある時から、「人は誰しも、自分だけのドラマを大切に抱きしめている」ということを確信し、人に会い、話を聞き、その言葉を伝えることをやりがいに雑誌や本、ウェブサイトで執筆してきた。

特にテーマを絞ったつもりはないのだけれど、いつの間にか、「女性の生き方」、特に働く女性とその周辺環境にフォーカスした取材をすることが多くなっていた。

詳しい経緯は本章に譲るとして、私が小手鞠さんとこの本を出す発端となったのも、私がいち取材者として、「小手鞠さんの話をじっくり聴いてみたい」と関心を持ったことからだった。

最初に相談したのは、もう四年ほど前まで遡るだろうか。物質主義的な価値観から、「モノの豊かさだけに頼らない、心の豊かさを求める生き方」へと人々の関心が移っていく変化を感じていた私は、二十五年ほど前からアメリカ・ニューヨーク州のウッドストックの森に暮らしている小手鞠さんの暮らしぶりと、その底に流れる人生観を聞かせていただけないかと、お尋ねした。

小手鞠さんはすぐに快諾くださり、「森の暮らし」を中心に据える前提で、「とりあえずやってみましょう」ということに。

私が質問の原稿を送り、小手鞠さんが回答するという形式で、海を越えてのキャッチボールが始まった。

何回か往復のやりとりをした段階で、おそらく小手鞠さんも私もほぼ同時に気がついていたのだと思う。

私たちの関心の共通テーマが、「女性の生き方」そのものだということに。

「女性が働き続けること」というテーマを貫いていくこと。私自身の言葉で、働く女性の大先輩である小手鞠さんに質問をしていくこと。そして、女性の人生を四季十二ヶ月になぞらえ、一年間を通して手紙をやりとりしていきながら一冊をまとめていくこと。話し合いを重ね、方針を定めていった。

私たちふたりにとって、「働く」ことが息をするのと同じくらい自然な日常であったことから、ごく自然に「生きること」は「働くこと」と一体のものとして、語らいは進んでいった。

夢との出会い、進学や就職の選択、社会に出てからの葛藤、恋愛や結婚とキャリア、パートナーとの関係、子どもを産むか産まないか、大人の友情について、老いとのつきあい方——。

まさに四季の移ろいに身を任せるように、手紙のやりとりは続いていった。

自分でも驚くほど素直に(正直過ぎるほどに)、図々しいことも恥ずかしいことも、思い切って小手鞠さんにぶつけることができたのは、手紙の往復を重ねるほどに、小手鞠さんの思いの深さを知ったからだ。

「この〝私的〟な手紙のやりとりは、どんな立場の女性にも届く普遍的なものになる、そうなるべきものだ」と私は確信し、覚悟を決めることができた。あえて聞きにくいことも、聞く。大袈裟かもしれないが、私に与えられた使命の重さを感じていた。

実際、私が手紙に忍ばせた問いの中には、非常に私的な事情に困ったものがいくつもあったのだが、小手鞠さんは見事に「後に続くすべての女性たち」に宛てたメッセージとして打ち返してくれた。

立場も経験も異なるふたりの女性が、お互いの違いや共通点を確認し合い、過去と未来を行き来するような、重厚な旅を味わった。

手紙を書き、返事を待ち、受け取った手紙をドキドキしながら開封して味わい、何度も読み返し、どんな返事を書こうかと考えながら日常を過ごして、また筆をとる。

こんな時間を持つことの豊かさを、久しぶりに思い出すこともできた。

すぐに相手の反応がなければ不安になりがちな世の中に生きる私たちにとっては、この「待って熟す」心の交換があることをときどき思い出すだけでも、救いになるのではないか。

十二ヶ月分続いた手紙を読み返してあらためて、この本は、小手鞠るいさんという女性の愛の塊であると私は感じている。

たまたま私はそれを受け取る媒介となったけれど、小手鞠さんの文面に溢れる受容と許し、経験に基づく助言、将来への希望をもたらすエールは、すべての女性たちに贈られたギフトなのだ。

ひとりでも多くの女性に、この愛が届くことを願っている。

そして、ぜひ提案したい。もしも、あなたにとっての「小手鞠さん」がどこかにいるとしたら、その人に手紙を書いてみませんかと。

「まえがき」に代えて　望月衿子

春の章

少女期、思春期、青春期を振り返る
～「働く」「自立」が未知の時代

三月の往復書簡

働く女性へのあこがれ

小手鞠るい様

こんにちは。東京は降り注ぐ光がだいぶ春らしくなってきました。どことなく黄色がかかったような。冬の透明な光とはまた違うよさが、春の光にはありますね。

小手鞠さんの住む、ウッドストックの春の光の色は何色ですか。

朝から清々しい気持ちになっている理由がひとつあります。

昨日、私は四十歳になりました。

小手鞠さんと初めてお会いしたのは、私がある雑誌の編集部に、編集記者として所属していた頃。その雑誌に小手鞠さんが連載されていた小説の担当を、編集長から引き継いだのがきっかけでした。あれはたしか二〇〇七年末から二〇〇八年の頃でしたから、ちょうど十年前になるのですね。

もう十年、というよりまだ十年しか経っていないのかという思いです。

小手鞠さんは初めて面会させていただいた時から、にっこりと優しい笑顔で私を迎えてくださいました。

「はじめまして、望月さん。でもね、私、ずっとあなたのこと知っていたよ」

なんだかそんな言葉が聞こえてくるような、私を少女の頃から見ていてくれた従姉妹のお姉さんのような親しみのある目線を、不思議と受け止めてしまったことを覚えています。

ベテランの小説家の先生を前に緊張するばかりで、初対面の食事の席で何をお話しできたか、恥ずかしながら覚えていません。

ただ、小手鞠さんの目がとても温かかった、という印象が、滋養豊かなスープの余韻のように残っているのです。

あれから十年。

このあいだに、私は結婚し、九年ほど勤めた会社を辞めて、フリーランスのライターとして独立しました。ありがたいことに、今日のこの日まで「人に会って、書く」という仕事を続けることができています。

担当させていただいた連載が単行本化されて終了となってからも、小手鞠さんがウッドストックから帰国されるたびにインタビューのお時間をいただいたり、季節の便りを交わし合ったり、言葉を交わす機会を重ねてきましたね。

小手鞠さんはいつも変わらぬ温かさで、私を受け入れてくださいました。


四十歳といえば、仕事人生の折り返し地点です。

これからの私にどんな仕事人生が待っているのかと想像すると、期待と不安が半々のなんとも言えない高揚感が湧いてきます。

でも、よく考えてみると、「四十歳」という年齢を、女性が「仕事人生の折り返し」ととらえるようになったのは、ごく最近のことなのかもしれません。

「働く女性」がまだ少数派だった時代の「四十歳」の意味と、今の女性たちがとらえている「四十歳」の意味は、だいぶ違うのだと思います。

女性が就職することはあっても「寿退職」で職場を去ることが当たり前だった時代には、女性にとって「働く」は、人生のほんの一瞬を彩る輝きのひとつでしかなかったのではないでしょうか。小手鞠さんが四十歳を迎えた時はいかがでしたか？

今では、女性が男性と同等に働く環境が整ってきましたし、不況の時代を生き抜くために「結婚しても辞めずに共働き」の選択をする女性は増え、それが昨今の保育所不足という社会問題にもつながっています。政府も将来の労働力不足解消の策として「女性活躍推進」を叫ぶようになりました。

本人の意志があるないに関わらず、女性にとって「ずっと働き続ける生き方」はより身近な選択肢になってきていると思います。

これは男女平等の文脈では喜ばしいことなのですが、一方で、私を含め多くの女性たちの胸には、答えの出せない新たな問いが生まれているのではないでしょうか。

――十年後、二十年後の私は、何（どんな仕事）をして過ごしているんだろう？――

先を見通したくても見えない、うっすらと視界にかかった靄《もや》のように、いつも心の中にある迷いです。

女性の生き方は、結婚するかしないか、出産するかしないか、というライフイベントの選択によっても細かく枝分かれしていくもので、男性よりもずっと多様ですよね。

私たちはつい「似た者同士」を探したくなりますが、なかなか自分と同じ境遇という人には出会えず、心細くなることもあります。

でも、もしかしたら、そういった属性の違いを問わず、誰にとっても普遍的な「女性が働き続ける意味」や、「女性が働き続けるための心の持ち方」というのがあるのかもしれません。

小手鞠さんは、小説家になる前からいくつかの仕事をご経験され、働く女性の道を開いてきた先輩です。そして作品にも、「女性と仕事」に関係するメッセージを込められているように感じます。

私はこれから一年かけて、少しずつ、「女性が働き続けること」について考えてみたいと思っています。でも、これから先、自分が経験できていないことについて考えるのには限界があります。そして、これを機に、ずっと質問してみたかった小手鞠さんのお話もお聞きしたいのです。どうか、おつきあいいただけませんか？

きっと、「もちろんよ、どんと来て！」とおっしゃってくださっているはず…なんて、勝手に想像しています。

そのつもりで、ここから先、筆を進めさせていただきますね。

（「いいえ、衿子さん、そんなに簡単には語れないわ！」というお考えでしたら、またあらためて）

女性が働き続けること。

そもそも、この〝決意〟をするのは、いつのどんな出来事がきっかけになるのでしょうか。

小手鞠さんが初めて「書くことの楽しみ」に目覚めたのはどんな体験からでしたか？

また、それが「将来の仕事」として意識できるようになったのはいつごろからでしたか？

小手鞠さんのように「一生夢中になれる仕事」に出会うために、十代のどんな原体験を大切にしたらいいのか、教えていただきたいのです。

女性が人生のいろいろなターニングポイントを乗り越えながら、心の支えにできるような職業選択のヒントになるのではないでしょうか。

私の場合は、女性が働くことそのものは、幼い頃から自然と受け止めていたように思います。

というのは、私の母も働いていたからです。

母は女子高校生に洋裁を教えるという専門教科の教師として、定年まで働いていました。幼児期の私は保育園に通い、「鍵っ子」として三歳下の弟と留守番をしていた記憶もあります。

母は担任クラスを受け持った年などは忙しそうで、家に帰ってからも居間で採点の丸つけや翌日の授業の準備のために型紙づくりなどをやっていました。休日出勤について行った私と弟が、母が働く職員室が見える中庭で遊んでいる写真も残っています。

夕食の時間には、別の学校で同じく高校教師をしていた父と、校務の煩雑さに対する愚痴をおかずにしていたことも度々。そういったリアルな姿も含めて、私は小さな頃からなんとなく「大きくなったら働くもの」という考えを持っていました。

同級生の半数以上は「お母さんは家にいる」という家庭で育っていましたが、だからといって寂しいという感情を持つことはほとんどなく、むしろ父母を待つ間の自由時間を使って好きなだけ「交換日記」（女の子のあいだで流行っていた、一冊のノートで手紙を交換し合う遊びです）を書いていたり、妄想小説（毎度二ページくらいしか続かない思いつき程度のものです）に打ち込んだりしていました。

同じ職業だったからか、母と父のパワーバランスはごく対等で、むしろ父は母に頭が上がらないという構図でしたので、「女性は男性に仕えるもの」という意識は私の中に育ちませんでした。

「書くこと」もまた、自然と身近な存在でした。

父の担当教科は国語だったので家にはたくさん本があり、自然と文字には触れていたのだと思います。

ただ、今思えば、私は「書くこと」を通じて「人と交流すること」が好きだったのかもしれません。

交換日記をクラスのほとんどの女子とやってみたり、真似ごとの漫画や小説を親友と交換してみたり。自分の気持ちを書くことで表現し、誰かと交換するのが楽しかったのだと思います。

そう考えると、今、始めようとしている小手鞠さんとの往復書簡もまさにそんなやりとりになるのかもしれません。

中学校に入って英語に興味を持つと「海外ペンパル」にも没頭しました。一時はアメリカ、韓国、フランス、オーストラリアなどなど色んな国で暮らす十数人と文通していたのですから我ながら驚きます。学校から帰宅して玄関のポストをのぞき、分厚いエアメールが届いていないかを確かめるのが大好きな時間でした。

部活動は中学・高校と演劇部に。当時、流行っていた鴻上尚史さんや野田秀樹さんなどの脚本の台詞を、意味も咀嚼できないまま詰め込んでいました。

特に「脚本の解釈」という練習時間は、それぞれの登場人物になりきって「なぜこの人はこのセリフを言うのか」という想像を深めるプロセスで、今の仕事にも少なからずつながっているような気がします。大事なのは、台詞が載っていない「無言の時間の感情」に意識を向けることなのだという学びもありました。

また、照明や衣装などさまざまな役割分担をしながら、ひとつの舞台をつくっていく仕組みも、本や雑誌づくりに似ているなぁと感じたことがあります。

ライターという職業を明かすと「小さい頃から書くことが得意だったんですか？」とか「本をたくさん読まれるんでしょうね」と言われることがあるのですが、私の場合は決して文章家や読書家としての原点を通過したわけではなく、「人と文章を共有する」「人の気持ちを想像する」「人といっしょに何かをつくる」ということへの楽しみの延長で、いつの間にか今の仕事を選ぶ道に進んでいたような。そんな気がします。

なんて、客観的に説明できるのはそれなりに時間が経ったから。

「大人になったら働く」ことは決めていたものの、どんな職業を選ぶべきか、就職するまで絞り込めていなかったというのが正直なところでした。

両親と同じような教師の道は、なんとなく反発心で選びませんでした（これが私の数少ない「反抗期」的感情だったのかもしれません）。文系の同級生は弁護士など司法の道を目指す子が多かったのですが、法律の文章を詳細に読み込んで解釈を加えたり、人を裁くことには自分は向かないとわかっていました。

「海外ペンパルとの文通が好きだったくらいだから、きっと国際的な仕事が好きなのかもしれない」と思い込んで、大学入試の時は「国際うんたら」と名のつく学科を探して受験。一浪して受かりましたが、いざ入ってみると政策や法律に関する議論にはまったく興味を持てませんでした。

　唯一、教授にほめられたのが「論文の構成（中身はともかく）」だったので、「文章を書くことは人より苦手ではないかもしれない」という発見は得られました。それから、「やはり文字で表現する力を磨ける仕事を選ぼう」とスタッフライター制（外注ではなく社員が取材執筆をする制度）をとっている雑誌社に就職先の候補を絞り、一社だけ引っかかったところに入れたという経緯です。

　しかも、その入社試験でも「八百字指定の作文を二百字指定と勘違いする」という大失敗をしたという話、小手鞠さんにしたことはありましたっけ。

　気づいた時には試験終了まで残り十分しかなく、崖っぷちで思いついたのが、たっぷり余った原稿用紙を使って人事担当者への手紙を書くこと。「次のチャンスをください」と懇願して、なんとか面接まで行けたという、かなりイレギュラーな採用だったのです。

　みっともない私でしたが、あの時、なりふり構わずしがみついてよかったと、心底思っています。


　小手鞠さんだからと気が緩んで、ついお恥ずかしい身の上話をしてしまいました。

あらためまして、お願いします。女性が一生夢中に打ち込める仕事と出会うために、十代の頃に経験しておくとよいことについて、教えてください。
少女時代の小手鞠さんが「将来の仕事」にどんな夢や期待、あるいは不安を膨らませていたのか、ゆっくり聞いてみたいのです。

望月衿子

望月衿子様

初々しい春の光のあふれる東京から届いたお手紙に、窓の外にはまだ雪景色の広がっているウッドストックの森から、お返事を差し上げます。

衿子さん、四十歳のお誕生日、おめでとうございます。

ついさっき、単行本『野菜畑で見る夢は』を本棚から取り出して奥付を見てみたところ、出版は二〇〇九年で、雑誌連載は〇七年から〇八年まで。

この連載が始まったばかりの頃、衿子さんが私の編集担当者になって下さった。これがふたりの出会いでした。

今でもはっきりと覚えています。それまで連載を担当していただいていた編集長から、届いたメールに書かれていた文章を。

「望月さんは、僕が全幅の信頼を寄せている優秀な編集者です。彼女と小手鞠さんはきっと気が合うと思います」

ほんと、その通りになったね。当時、衿子さんはまだシングルで、この連載の途中でご結婚なさり、その後、フリーランスの編集者&ライターとして独立され、今はワーキングマザー。

私たちのあいだに流れた十年という年月が愛おしいです。仕事を通して、友情を育てながら、誰かと長く、つながっていけること。互いの成長を見守り、励まし合い、喜び合いながら。

これもまた、働き続けることの喜びのひとつですね。

今回こうして、「女性が一生、働き続けること」をテーマにして、衿子さんとお手紙の交換ができること、この上ない喜びです。

これから一年間、衿子さんのお言葉を借りるなら「もちろんよ、どんと来て！」です。ご存じの通り、私は三度のご飯よりも仕事と仕事の話が好き！　なのですから。


さて、四十歳の時、私はどうしていたのか？

衿子さんに出会う日から十年前のことですね。「仕事人生の折り返し地点」と、衿子さんは書いているけれど、小説家としての私の四十歳は、折り返しどころか、スタートを切った直後に分厚い壁にぶつかって転倒し、起き上がっては倒れる、這い上がっては突き落とされる、七転び八起きをくり返していたという感じ。つまり、挫折期の真っただ中です。

「よく、自尊心を失わないで生きていられたなぁ」と、自分でも感心してしまうくらい、暗中模索、五里霧中、もぐら叩きで徹底的に叩かれるだけのもぐら状態でした。

このことについて書き始めると、それだけで手紙が終わってしまいそうなので、もぐらの話はまた別の機会に。

ここからは、衿子さんのリクエストにお応えして、私の少女時代のことを少し書いてみますね。

現在、六十二歳の働く女性である私の、原点になっている体験について。

私の記憶の底に今でもあざやかに残っていて、私の生き方や考え方や感じ方に決定的な影響を与えていると思える「原体験」は、三つ。

ひとつ目は、働く母の姿。

衿子さんのお母様と同じです。そういえば、私にも六歳年下の弟がいて、鍵っ子だったことも衿子さんとそっくりね。

私の母は、電電公社（現在のＮＴＴ）で交換手として働いていました。

一九六十年代、当時はまだ、働く母親は非常に珍しい存在。小学校の参観日に、母は仕事を抜け出して教室まで来てくれていたわけですが、授業中、うしろをふり返った時、スーツをきりっと着こなしている母が、それはもうとってもかっこよく見えたの。いつも家にいる友だちのお母さんよりも、何倍も。

大きくなったら、私もうちのお母さんみたいな「働く女性になろう」って、小学生だった私は、すでに心に決めていたのだと思います。

しかしその後、母は、弟の小学校入学をきっかけにして仕事を辞めてしまい、すっかりくすんでしまうのですが、そのくすんだ姿を目の当たりにして、「私は一生、働き続ける女性になろう」と、今度は母を反面教師として見るようになりました。

ふたつ目は、中学時代に美容室で働いた体験。

働いた、と言っても、大した仕事をしたわけじゃなくて、家の近所の美容室で冬休みのあいだだけ、アルバイトをさせてもらったことがあるの。

私に与えられたのは、美容室の床に落ちている髪の毛をほうきで掃除したり、お客さんの髪の毛をシャンプーしたり、美容師さんのそばに立って、パーマ用の細かい器具を手渡したり、レジでお金を受け取ったり、そんな簡単な仕事ばかり。簡単だけど、大事な仕事です。

朝から夕方まで立ちっぱなしで、足がだるくなったことをよく覚えています。

そして、十二月三十一日。大晦日には、新年の和装に合わせて髪の毛をアップにしに来るお客さんが引きも切らず、私も美容師さんといっしょに夜中の十二時前後まで、仕事をしていたの。

除夜の鐘は、美容室のラジオで聞きました。

冬休みが終わると同時にアルバイトも終わり、経営者から、お金の入った封筒を手渡された時の喜びは、とても強烈でした。痺れるような喜び、とでも言えばいいのかな。舞い上がる、というよりは、ずしーんとおなかに響くような喜びです。

その時、私は、仕事をしてお金を儲ける、という根源的な喜びを味わっていたんだと思います。自分の手と足で稼いだお金の入った封筒には、親からもらうおこづかいとは、まったく違った重さがありました。

三つ目。ここでやっと、衿子さんからいただいた質問「書くことの楽しみに目覚めたのは、どんな体験からでしたか？」の答えが出てきます。

中学時代、私は文芸クラブに入っていました。

その理由は、幼い頃から絵本や童話を読むのが大好きで、小学生時代は国語と作文が

得意だったから、つまり、本が好き、書くことが好き、小説家になりたい、というような前向きな理由では全然なくて、実は、

作文以外に得意なことがない。

本以外に好きなものがない。

ほかに入りたいクラブがない。

というような、ないない尽くしのうしろ向きな理由で、文芸クラブに入ったのです。

そこで出会った顧問の先生。これが運命の先生でした。彼女もまた、三十代の働く女性でしたが、この先生との出会いがなかったら、私は小説家になることもなかっただろうし、今こうして、衿子さんにお手紙を書くこともなかったはずです。

今は亡き赤木先生は、学校の成績が悪く、分厚い近視の眼鏡をかけていて、劣等感の塊だった私の書いた作文や詩を「よう書けとる」「あんたは作文が上手じゃ」とほめて下さり、岡山県の主催している作文コンクールに応募させてくれたのです。

コンクールで何度か入賞し、記念文集に自分の書いた作文や詩が掲載されるたびに、私は「書く喜び」を味わいました。

それはイコール「ほめられる喜び」でした。

劣等感と自己嫌悪が制服を着て歩いているようだった私は、作文を先生からほめられ

たことによって初めて、自分を肯定することができ、自分に自信を持つことができた。ほめられる喜びとは、自分がこの世に存在していること、生きていることの喜びでもあったのだと思います。

六十代になった今でも、原稿を書いている時、赤木先生に作文をほめられたくて、健気にがんばっている女の子が自分の内面に棲んでいるのを感じます。書いている時こそ、私が生き生きと生きている時なんだと感じています。

生まれて初めて、自分の書いた文章が活字になったのは、一編の詩でした。

だから詩人になりたい、あるいは物書きになりたい、とは当時はまだ思っていなかっただろうし、たぶん、そんなことは不可能だろうと思っていたに違いありませんが、ひそかなあこがれは、芽生えていたはずです。それは、夢見る少女の「夢」でした。いつか、小説家になりたい。なれたらいいな。

あこがれや夢が、現実的な目標に変わるのはまだまだ先のことです。

目標に変わったあと、それを達成できるまでには、さらに気の遠くなるような時間が必要でした。

けれども、何はともあれ、小・中学時代に「一生、仕事を続けること」「働いてお金を儲けることの喜び」「書くことの楽しみと喜び」の三つの芽が萌え出ていたわけです。まさに、春の芽吹きですね。ここからこの芽たちがどう成長していくのか、どんな若葉を広げ、どんな枝を伸ばすのか、自分でも楽しみになってきました。

とはいえ、私の二十代から五十代までは、困難、苦労、苦悩、挫折、葛藤、辛酸のオンパレードですからね。涙なしには語れませんよ（笑）。

最後になりましたが、衿子さんの三月のお手紙を拝読し、私たちのたくさんの共通点を発見できて、嬉しかったです。

私も手紙を書くのが大好きで、文通や交換日記もよくしていたけれど、海外ペンパルというのはすごいなぁ。だって、英語で手紙を書いていたわけでしょう？　しかも十数人も！　今で言うSNSみたいなものに、すでに手を染めていたということではないですか。

驚きましたが、納得もしました。衿子さんは、それほどまでに「人」に興味があり、「人」が好きだったんだなぁって。同時に、衿子さんがライターという職業を選んだ理由についても、なるほどなぁと、腑に落ちました。

さっき、共通点をたくさん発見できて嬉しかったと書いたけれど、実はまるで反対のところも発見できて、おもしろかった。だって、何を隠しましょう、私は人づきあいが苦手で、できるだけ人と接したくないから、だから、三十代だった頃、インタビューや取材の多いフリーライターは自分には向いていない、ひとりで部屋にこもって仕事のできる小説家になりたいと、いっそう強く思うようになったんだもの！

爆弾発言でしょうか？

このあたりの話はまたこれからじわじわと。

さあ、お楽しみはこれからです。

四月のお手紙を心待ちにしながら
小手鞠るい

四月の往復書簡

恋が仕事に与えた何か

小手鞠るい様

雪積もるウッドストックの森から、お返事ありがとうございます。

女性が一生働き続けることについて、二十歳先輩の小手鞠さんと対話させていただく往復書簡のアイディアに、快くYESをいただけて嬉しいです。「どんと来て！」の言葉、しかと受け止めました。

そのお言葉通り、一通目から小手鞠さんのお手紙には、私がもっともっと質問をしてみたくなること満載で、読み返すたびにウズウズしています。

初めての職業体験や「もぐら」のお話、お母様のエピソードなどなどありますが、なんといっても衝撃を受けたのは、最後の「私は人づきあいが苦手」という締め括りでした。

これは、私がこれまで抱き続けていた小手鞠さんの印象とは完全にかけ離れた暴露でした。

小手鞠さんはいつも周りの人に最大限の気を配る優しさをお持ちなので、その分、疲れを感じることがあるのかもしれませんね。それに、人間関係に対しての感受性が繊細だからこそ小説を描くことができるのだということも容易に想像できます。

とはいえ、「人づきあいが苦手」とは！　私が接している限りで見てきたシーンにおいては、小手鞠さんには人への「愛情」や「信頼」をとっても感じられるので意外でした。

その最たる光景が、小手鞠さんがパートナーのグレンさんとごいっしょにいる時や、グレンさんの話をしている時です。

おふたりにはお互いに親愛と尊敬を交わし合うような空気感があって、「私も十年後、二十年後にこんな夫婦関係を築けていたら素敵だなぁ」とあこがれています。

私の勝手な印象ですが、小手鞠さんとグレンさんの関係は、「仲のよい異性のカップル」を越えた「同志」。小手鞠さんが今の仕事に打ち込む人生を送る上で、グレンさんはきっと重要な存在だったのではないでしょうか。

「仕事が三度のご飯よりも好き！」と目を輝かせて（〝手紙越し〟ではお顔の表情まで見

えませんが、きっとそうだったと思います）書かれた小手鞠さんの今が、グレンさんの存在なしではあり得なかったとしたら、「女性が一生働き続けること」にパートナー選びはきっと大事なテーマなのではないかと思うのです。

あるいは、「パートナー選び」の前段階とでも言いましょうか、「恋愛」に対する価値観も女性のキャリアに大いに影響するはずです。

「王子様のような男性に一生守られながら添い遂げる人生を送るのが夢！」という女性にとっては、自分自身のキャリアアップよりも、王子様探しに関心が向くし、より大きなエネルギーを注ぐでしょう。逆に「お互いに刺激を与えて切磋琢磨できる相手がいい」という恋愛観を持っていたら、恋愛がうまくいくほどに仕事もうまくいくような相乗効果のある人生を求めたり。

小手鞠さんの恋愛観はどういうものでしたか？　十代、二十代の、社会に出る前の恋愛と仕事は結びついていましたか？

私はというと、中学高校時代から「こういう男性が好き」という理想像はまったくなく、単に自分に興味や好意を持ってくれた男の子に同じように興味を持ち、フワフワと浮かれる感情そのままに恋を楽しんでいたような気がします。

あるいは、学校行事や部活の発表会など、感情のエネルギーが高まる時に身近にいる男子に浮かれたり。十代の恋愛なんてそんなものなのかもしれませんね？

少女時代の恋愛の〝サンプル〟は『りぼん』や『なかよし』に描かれる、背景に蝶の鱗粉が舞うような甘〜いラブストーリー。でも、ヒロインたちが恋い焦がれるような王子様を待つような気持ちはあまり持っていませんでした。

それは私が弟といっしょに育ったり、家庭内で父と対等な関係性で舵を取る母という〝現実〟を見ていたことも影響があったのかなとも思いますが、今振り返りながら、私が無意識に異性のパートナーに求めてきたことが「自分を丸ごと認めてくれる存在」であることが大きかったのかもしれないと気づきました。

私は小さい頃にアトピーがひどくて季節の変わり目などには手脚がとても荒れてしまい、スカートを履くとコンプレックスを感じるという、「女の子」としての自信を持てない少女時代を過ごしました。そのためか、少しでも異性から認めてもらえるだけで嬉しかったのです。

先月にいただいたお返事で、小手鞠さんは書かれました。中学時代に所属した文芸クラブの顧問、赤木先生から文章をほめられたことが小説家になる原点であったこと。少女時代にしっかりと握りしめた「ほめられる喜び」が、〝一生ものの仕事〟の源流にあると。

実は私も少しだけ近い経験がありまして、高校時代の演劇部の顧問をしていた国語教師が「望月は読ませる文章を書くからな」とポツリと言ってくれたことを鮮明に覚えています。

きっと先生にとっては何気ない一言で記憶にすら残っていない出来事だと思うのですが、何者でもない十代にとって「大人からある一部分の能力を認められる」ということは、それだけで大きなインパクトがあるものですよね。そして、個人的には、ほめてくれる主体は親以外の大人であるほうがより自信を持たせてくれる気がします。

話を戻しますと、小手鞠さんのおっしゃる「ほめられる喜び」を一生懸命見つける作業を、私は恋愛でもやっていたように思うのです。その意味で、私の中で、仕事と恋愛はつながっています。

今年で結婚して十年になる夫とは大学時代に出会いました。私が三年生の時に入学してきた彼が、サークルの新入生歓迎イベントに参加したのが出会いのきっかけ。

ちょうど今と同じ季節、四月の下旬に大勢でいちご狩りに出かけた時のエピソードは、小手鞠さんも気に入ってくださっていましたっけ。まだ一言、二言しか言葉を交わしたことがなかった無口な彼が、両手いっぱいにいちごを持って、「これもらってください」と差し出してきたという話。

私はその行動に驚きながら、不器用で照れ屋の彼が最大限の愛情表現をしてくれたことが理解でき、嬉しかったのです。

それから何となくおつきあいが始まったのですが、彼への信頼が決定的なものになったのは、サークル内でのある事件に私が巻き込まれたことがきっかけでした。部員の年上男性からストーキングを受けてしまい、恐怖と不安でとても傷ついてしまったのです。結局、相手男性は退部の処分を受け、私も気持ちを立て直すことができたのですが、そのトラブルの渦中で誰よりも私の前に立って問題解決に動いてくれたのが彼でした。いくつも年上の同性の先輩に対して、反省を促すことは勇気がいる行動だったのではないかと思います。

この時の彼を見て私は「彼は立場にこだわらず、自分が信じる正義を貫ける人なんだな」と感じられ、月並みな言葉ですが「何があっても守ってくれる存在」に出会えた気がしたのです。

同時に、彼は私にとって「守りたい存在」でもありました。

出会ったばかりの頃、彼は本当に寂しい目をしていました。ぶっきらぼうな言葉で人をわざと遠ざけるようなふりをしていましたが、本当は誰にも言えない孤独を抱えてブルブルと震えているように私には見えました。

少しずつ話を聞いていくと、家庭の環境がとても複雑で、肉親から距離を置くために奨学金を背負って遠く離れた土地の大学に進学してきた事情を話してくれました。「うちの家族は複雑だから、結婚する相手には迷惑がかかる。そんな僕でもいいいんですか」というようなことも言っていました。

大人の都合に振り回され、必死に生きる道を探してきた彼の体験は、ぬくぬくとした家庭環境で育った私にとっては、とても信じられない話ばかりでした。よくぞ、人への優しさを保ったまま、ここまで歩いてきたね、と抱きしめてあげたくなりました。話を聞くにつれ、「彼が心から幸せを感じられる手助けをしたい」という気持ちが湧いてきました。

抑圧され、消去法で道を進んできた彼の「生き直し」に、じっくりゆっくり、迷いながらも伴走していく道程は、今も続いています。

と、このようなスタンスで大学時代を過ごしてそのまま社会に出たため、私には「男性に頼って生きていく」という価値観が育っていません。

自分のことは自分の足で立って歩いて解決していかなければという気持ちが強いので、いわゆる〝スペックが高い男性〟にはまったく惹かれないのです（人にお願いすることもちょっと苦手で、普段仕事をしながら「もっと周りを頼るべきだった！」と反省することもしばしばですが）。

実際、二十代の時期のほとんどは、彼の生活を支えていたので経済的にも決して楽ではありませんでした。でも、自分が選んだ道だったから納得していたのです。「きっと彼は私を裏切らない」と信じられる楽観的な性格だったことも幸い（？）して。

稼ぎをパートナーに依存しようという気持ちがもともとなかったことで、自分がどうやったら安定した収入を得られる仕事の実力を磨いていけるか、真剣に考えることができたのはよかったと思います。

「次はこれにチャレンジしたい」と思った時に、パートナーにいちいちお伺いを立てなければいけない関係性だったら、目の前のチャンスを逃したこともあったかもしれません。

そう考えると、これまで私が「この仕事で私は一生稼いでいく」と思える対象を積極的に見つけようとしてきたこと、その力をつけるための努力に前向きになれたことは、彼との関係と密接につながっているような気がします。

つらつらと書いてきましたが、まだまだ人生半端にしか過ごせていない私なので、自己分析は難しいなと思っているのが正直なところです。小手鞠さんは、どんなお気持ちで読まれたでしょうか。

そしてぜひ、小手鞠さんの「恋愛とキャリアの関係」についても伺ってみたいです。グレンさんと出会うまで、出会ってから、小手鞠さんが経験した恋がどんなふうに今の仕事につながっているか、お話ししてくださいませんか。

散り始めた桜の薄いピンク色と若い緑のグラデーションで染まる東京より。

望月衿子

望月衿子様

可愛らしい葉桜の東京からのおたより、やっと雪解けの始まった森の仕事部屋で受け取りました。葉桜って、私、大好きなんです。夢見る少女にお似合いのフレアースカートの花柄みたいで。

今回いただいたお手紙を読んで、私は、このところ書いていなかった恋愛小説を久々に書きたくなりました。衿子さんとご主人の恋愛結婚物語については、甘酸っぱい「いちごの章」だけを知っていたわけだけど、そのあとに、こんな波乱万丈の展開があったなんて！

驚きながら、そして、胸をときめかせながら、読ませていただきました。

雑誌の連載小説を書いていた頃、担当編集者としてしっかりと私を支えてくれていた、頼りになる妹には、こんなにも力強いパートナーの存在があったのですね。

しかも彼は、衿子さんをただ守ってくれる人ではなくて、衿子さんが守りたい存在でもあった。ここにこそ私は、ふたりの絆の強さと確かさを感じました。

そんな衿子さんから「十年後、二十年後に、こんな夫婦関係を築けていたら」と、あこがれの対象にしていただけて、うわぁーどうしよう、と焦りながらも、嬉しかったです。光栄です。

人が好きで、人間に興味があるという衿子さんの観察眼と分析は、一〇〇パーセント正しいです。私にとって夫は親友であり、同志であり、いまだに恋人でもあり、いい意味でのライバルでもあり、双子のきょうだいの片割れでもあるって感じかな。

両親から「小説家になんて絶対になれない」と言われ続けてきた私に「あきらめるな。絶対になれる」と励まし続けてくれたのが夫です。精神的にも経済的にも、彼の支えがなかったら、私はこうして、好きな仕事に一意専心していることはできなかったでしょう。

さて、ここからは、衿子さんから投げかけていただいた課題「恋愛とキャリアの関係」に移っていきますね。

夫と出会ったのは、二十八歳の時。

私はその頃、京都駅の近くにある書店の洋書売り場で、アルバイトの店員として午後の数時間だけ働いていて、そこへお客として本を買いに来たのが彼でした。

英語もろくにしゃべれない私と、片言の日本語しかしゃべれない彼ではありましたが、なぜか、出会ってすぐに意気投合し、かねてから行きたいとふたりとも切望していたインドへ。恋って、おそろしいものですね。それまで住んでいた部屋を引き払い、仕事も辞めてしまって、ふたりはインドへ行ってしまうのですから。

四ヶ月ほどの貧乏&放浪旅行を経て東京へ、その後、アメリカへ。

ただ「あなたが好き」という気持ちが、これだけの行動力につながるとは……と、自分でも自分にあきれてしまいます。

京都の書店で出会ってから、ウッドストックの森の生活という現在に至るまでの三十三年間、互いに互いを支え合って、二人三脚で進んできたわけですが、実は夫との恋愛は「起承転結」でいうと「転」に当たるもの。

まず、ドラマチックな「転」の前に起こった「起と承」について、お話ししなくてはなりませんね。

時を遡ること、今から四十四年前の春。

桜の咲く季節に、私は京都で学生生活を始めました。

地元の岡山大学へ進学してほしいと強く願っていた両親の期待をふり切って、京都へ出ていったのです。「第一志望は岡大、京都の大学は単なる腕試し」と親にまっ赤な嘘をついて、わざと不合格になるように岡大の入試の答案用紙を白紙で出して。

悪い娘でしょう？

そうまでして、つまり両親を裏切り故郷を捨ててまで、なぜ私は、京都へ出ていきたかったのか。

この理由が、とってもおかしいの。今、笑いながら、書いています。

三月の手紙にも書いたように、中学生の時、文芸クラブの顧問の先生に作文をほめてもらったことがきっかけになって、将来は小説家になりたいと、ひそかに、あくまでもひそかに願うようになっていた女子中学生は、高校生になって進路を決める時、小説家になるためには岡山に住んでいてはいけない、小説家になるためには京都へ出ていって、京都で暮らさなくてはならない、と、真剣に考えていたの。

考えていた、というよりも、思い込んでいたと言うべきかな。

小説家になりたければ、まず「小説を書こう」と考えるのが普通だと思うのですが、まだ十六か十七ですからね、卵の殻を破って、やっと外に出てきたばかりのひな鳥です。世の中も自分のことも、なんにもわかっていない。可愛いというか、ちゃんちゃら可笑《おか》しいというか。でも、その思い込みは、純粋で強固だった。

そうそう、たまたまゆうべ読んでいた星野道夫さんのエッセイ集『旅をする本』の中で、こんな文章に出会ったの。アラスカの自然にあこがれて、アラスカを目指した若き星野さんが昔をふり返って書いている文章なのですが、

——あの頃、ぼくの頭の中は確かにアラスカのことでいっぱいでした。まるで熱病に浮かされたかのようにアラスカへ行くことしか考えていませんでした。磁石も見つからなければ、地図も無いのに、とにかく船出をしなければならなかったのです。

（星野道夫著作集3　新潮社刊より）


アラスカを京都に置きかえると、そのまま当時の私の頭の中です。


磁石も地図もないのに京都へ船出をした私が、最初にぶつかったもの。

それが、生まれて初めての恋愛でした。一応、恋愛と呼んでおきます。

中学、高校時代にも、好きな男の子やあこがれの先輩はいたし、青いレモンのような初恋の味も味わったはずだけど、あんなものは、恋でもなんでもなかったんだと思わせられるような恋でした。

とにかく、寝ても覚めても彼に会いたい。会えない時間はまるでモノクロの世界のようで、彼に会った瞬間、世界に色がつく。あるいは、デートが終わって彼と別れた瞬間、私は死んでしまい、次に彼に会った瞬間、生き返るという感じ。

演歌の歌詞のようだけど、あなたなしでは生きていけない。まさにそんな感じ。

知り合った時、私は一回生で、彼は別の大学の四回生だったのですが、彼が社会人になってからは、大学生同士だった時のように頻繁には会えなくなって、私はもう寂しくて寂しくて仕方がないわけ。

会えば「もっと会いたい」「次はいつ会えるの？」「残業なんかしないで、私に会って」「会社と私とどっちが大事なの？」――

自分の内面に、こんなにも弱い、こんなにも醜い自分が棲んでいたのかと驚き、「ああ、いやだ、いやだ」と悶々としながら、「こんなはずじゃなかった、こんなの私じゃない」と、自分に裏切られ続けているような日々。

衿子さんとは正反対で、初めての恋愛は、私に自信をなくさせ、自分を嫌いにさせ、そうでなくても強かった劣等感を、ますます増大させるような代物だったの。かつて、作文をほめられたことで、自分に自信を持てるようになっていた私は、恋愛によって、以前よりももっと激しい自己嫌悪に占拠されてしまっていたのです。

今にして思えば、あれは恋愛ではなくて、執着と嫉妬と独占欲と依存心の塊に過ぎなかったのかもしれない。

何しろ、彼の女友だちだけじゃなくて、男の友だちや会社の同僚にまで、嫉妬していましたからね。社員旅行に出かける彼に「行かないで」と言って、泣きついてみたり。信じられない！　って衿子さんの声が聞こえてきそう。本当に、嘘みたいな本当の話。事実は小説より奇なり。

仮にこれが恋愛だったとしても、とても不幸な恋愛よね。だって、相手を好きになればなるほど、自分が嫌いになるなんて、そんなの悲し過ぎるよね？

私が大学を卒業して、彼と別れるまでの四年間、苦しい恋愛にどっぷり浸かって、溺れ死ぬ寸前まで行っていた私ですが、そんな私がかろうじて息をしていられたのは「あるもの」のおかげです。

なんだったと思いますか？

ここで真打ちの登場です。仕事です。「働くこと」です。

父ひとりが働いて家族三人を養っていた私の家は決して裕福ではなく、下には大学進学を控えていた弟がいたし、おまけに親をあざむいて学費の高い私立へ進んだわけなので、私は京都へ行く前に「学費と家賃だけ払ってくれたら、生活費は自分で稼ぐ」と、親に約束していました。

この約束を果たすために、大学時代の四年間、アパートの近くにあった喫茶店のウェイトレスを皮切りに、掛け持ちで家庭教師をしたり、京都府立資料館でコピー取りや書架の整理をしたり、夕方には保育園で居残り組の子どもたちの面倒を見たりしながら、汗水垂らして働き、部屋に戻ってからは、模擬試験の添削や、壁紙の見本を台帳に貼る内職までしていたの。もちろん、主たる目的は生活費を稼ぐためだったわけだけど、結果的には、彼に会えない時間をひたすら仕事で埋めていたわけです。どれも期間限定のアルバイトに過ぎませんでしたが、それでも「働くこと」には違いなかった。

恋は私をきりもなく弱くしたけれど、働くことは私を強くしてくれました。糸の切れた風船のようだった私を、かろうじて、世界につなぎとめてくれていたのが仕事だった、と言っても過言ではないと思います。

私を強い女にしてくれるのは、男ではなくて、仕事。社会に出て働くこと。

この思いは、今もまったく変わらなくて、私は今でも、つらいことや悔しいことがあると、ひたすら仕事に打ち込んでいます。言いかえると、書くことに逃げている。

失恋しました、不倫の恋が苦しい、と、友人から相談を持ちかけられた時には、いつもこう答えています。

好きな仕事に没頭しなさい。

目の前の仕事に集中しなさい。

あなたを救ってくれるのは仕事よ。

ここまで書き進めて「あっ」と思って、衿子さんからいただいた三月のお手紙を読み返してみたのですが、手紙の最後に、こんな質問が書かれていました。

「女性が一生、夢中で打ち込める仕事に出会うために、十代の頃に経験しておくとよいことは？」

その答えは、こうです。

恋でもアルバイトでも旅でも、なんでもいい。失恋でも失望でも嫉妬でも不倫でもいい。どんな経験も、どんな苦労も、悲しみでさえも、それは貴重でかけがえのないものなのです。若い頃にはうんと、苦労しておくといい。できるだけたくさん悩んで、できるだけたくさん泣いておくといい。苦労も悲しみも悩みも、あとあとになって必ず、生きてくる。積み重ねた失敗は、あとになって必ず成功を生み出す。

ひとつぶひとつぶの涙は、磨けば輝く宝石の原石みたいなもの。

経験はすべてあなたの財産。

役に立たない経験など、ひとつとしてない。

このことを証明するためにも、今月のお手紙の最後の質問「小手鞠さんの経験した恋がどんなふうに今の仕事につながっているか？」に対するお返事を書いておきましょう。
胸を掻き毟るような恋をしていた四年間は、それから約三十年後、『欲しいのは、あなただけ』という小説に昇華され、この作品によって私はやっと、小説家として生計を立てていけるようになりました。

小説家になるために、小説を読んだり書いたりしていたのではなくて、私はただ毎日、悲しくて、寂しくて、めそめそ泣いてばかりいたのです。泣きながら、涙をぬぐいながら、保育園で子どもたちと遊び、資料館でコピーを取り、壁紙の見本をせっせと台帳に貼り付けていたのです。

そう、人生において、役に立たない経験は何ひとつとしてない。
きっと、衿子さんも今、大きくうなずいて下さったことでしょう。
それではまた来月、風薫る五月のお手紙を楽しみにお待ちしています。

小手鞠るい

五月の往復書簡

あなたは何になりたい？

小手鞠るい様

お返事ありがとうございました。文字通り、「胸がいっぱい」になる感覚を持ちながら、読ませていただきました。

狂おしいほどの恋に溺れ死にそうだった小手鞠さんを救ったのが「仕事」であったこと。そして、その恋で流した涙が、川となり、海となって「小説家・小手鞠るい」という舟を導く流れとなったこと……。

役に立たない経験など、ひとつとしてない。この言葉を真にご自身の経験として確信を持って、発してくださっていることがとても心強いです。

起承転結の「転」となる、グレンさんとの絆についても、またじっくりと伺っていきたいと思います。

ところで、小手鞠さんも「葉桜」がお好きなんだと知って嬉しくなりました。そう、あの薄いピンクとフレッシュな黄緑色が織り成す模様。本当に可愛らしいですよね。

お花見大好きの日本の文化では、桜はまるで花が満開の一週間だけが本番のように言われますが、葉桜の時期も、緑一色の夏の頃も、紅葉の時期も、そして繊細な枝のレースが白い冬空に映える冬の時期も、いつでも美しいと思いませんか。また国が違えば、同じ花の愛で方も違うのかもしれませんね。

日本で長く暮らしていると「春の花といえば桜」と思いがちですが、いつだったか、小手鞠さんが「私はりんごの花がもっと好き」と教えてくださったことを思い出しました。ウッドストックの森から送ってくださった、青空に真っ直ぐ顔を向けるような白いりんごの花の写真、よく覚えています。今年も可愛らしく咲いたことでしょうね。


早いもので、五月ももう終わりに近づき、東京はそろそろ梅雨の時期を迎えます。都心に出ると、街角の至るところで、「ソワソワ」と音が聞こえてきそうな表情の若者たちに出会うことが多くなりました。

日本では最近、大手企業の新卒採用の選考解禁が六月一日へと変わりました。年々、青田買いが過熱する就職活動事情に「待った」をかける施策ですが、水面下の状況はあまり変わっていないとも聞きます。

私が就職活動をしていた二〇〇〇年ごろとは正反対ですが、今はすっかり売り手市場の風向き。企業は「一日限定インターンシップ」など、あの手この手で学生を引き込もうとしているようです。

シューカツ氷河期にバッチリ当たってしまい、とりあえず面接を受けられる企業には足を運び、希望していた出版業界からやっとこさ一社の内定をもぎ取った私からすると、本当にうらやましい限りです。小手鞠さんが就職活動をなさった時にはどんな具合でしたか？

「引く手数多、選び放題でいいなぁ」と彼女たちを眺めることが多かった今日このごろ。でも、ときどき、彼女たちがなんとも言えない表情を浮かべる瞬間があることに気づきました。

実際、あるイベント会場で出会った女子学生から声をかけられて、いきなり聞かれたのです。

「私は今、興味がある会社のインターンシップを同時に三社やっていて、今日のように社会人と交流できそうなイベントにも積極的に参加しています。今日は〝記録係〟の役割もいただいて、勉強するつもりで来ました。でも、まだまだやるべきことがある気がして……。私は何をすべきでしょうか？」と。

彼女はいかにも賢そうで、社交的な笑顔を振りまく優等生タイプ。

「恵まれている」と思われがちな彼女たちにも、私たちが感じなかった類の迷いや焦りがあるのかもしれないな……。

そんな視点であらためて彼女たちを観察していると、おぼろげながら彼女たちなりの悩みのようなものが見えてきました。

もしも、彼女たちが小手鞠さんに手紙を書けるとしたら、どんなことを書くだろうか。想像しながら〝代筆〟してみた手紙を読んでいただけますか？

そしてよかったら、〝彼女〟に返事をしてあげてくださいませんか。

はじめまして

小手鞠るいさんにお手紙を差し上げるのは初めてです。

私は東京にある大学に通う学生です。四年生です。高校までは地元の四国で育ち、大学生になってからは親元を離れてひとり暮らしをしています。

同級生の彼氏はいますが、最近はお互いに忙しくて、一週間くらいＳＮＳのやりとりもなく、このまま別れてしまうかも……なんて思っています。

今、私は永田町駅の出口からすぐのカフェにいます。時間は午後二時。どこにでもあるチェーン店のカフェです。

何をしているかというと、就職活動の合間の時間つぶしです。

昨日から大手企業の新卒採用活動が（表向きですが）解禁され、街中に一斉に、黒のリクルートスーツで固めた学生たちがあふれ出しました。

カフェは満席で、そのほとんどが私のようなシューカツ生です。皆、企業のパンフレットを食い入るように見ていたり、エントリーシートと呼ばれる履歴書のようなものを書いたりしています。

一日に何件も面接のアポを入れた結果、面接のあいだに生まれる微妙な空き時間。その隙間を潰すために、皆、止まり木のような居場所を求めるのです。窓の外は明るく、とてもいい天気です。

私はついさっき、今日の午前中に人生で初めての「就職面接」を経験しました。そして、意外にも「内々定」というのをすぐにもらってしまいました。

採用活動を始める時期に規制ができて以来、企業がすぐに学生を確保しようとするようになったという噂は本当だったみたいです。

内々定をくれた会社は、応募するくらいだから興味を持っていた会社です。でも、正直、本命かどうか、自分でもよくわかりません。

本当は喜ぶべきはずなのに、「そんなに早く決めてほしくなかった」という苛立ちさえ感じています。


大学を卒業したら、自分で生活をするつもりなので、どこかには就職しないといけません。結婚と同時に仕事を辞めて専業主婦になった姉からは「旦那の給料が全然上がらない。今は共働きしないと子どもを産むどころか、夫婦ふたりで平均的な生活をするのもムリ。あんたは絶対辞めちゃダメよ。育休もしっかり取れる大企業に入れば安泰だから」と言われています。

本音を言えば、考古学の研究の道に進むのが夢でした。小さい頃に読んだ考古学者の伝記がきっかけで、ずっとあこがれ、一生懸命勉強して、考古学の講義を受講できる大学に進みました。でも今は大学院を出ても就職できない「高学歴ニート」も増えているそうですし、現実的ではないのであきらめました。

行きたい会社を早く見つけないと、と悶々としているうちに、「シューカツ解禁日」を迎えてしまったのです。

周りの子たちは皆、意志をもってシューカツをしているように見えて「私だけが違う」ように感じます。

でも、私も面接の場となれば、がんばってハキハキと話しているので、周りからは「意志を持ってシューカツをしている学生」に見えるのかもしれません。

よーいどん！

と大声で言われると、何かを決めなくてはいけないと焦ってしまいます。

でも、今すぐに、決めないといけないのでしょうか。

シューカツの成功ってなんでしょうか。

「第一志望の企業に内定をもらうこと」がそうだとしても。

第一志望が見つからない場合はどうしたらいいのでしょうか。

内々定をもらった会社に就職したとして、私は淡々と与えられた仕事に取り組む自信はあります。でも、本当にそれでいいのでしょうか。

すみません。永田町のカフェで黒のスーツを着てアイスティーを飲みながら、なんだかとても窮屈な気持ちになってきて、止まらなくなってしまいました。

小手鞠るいさん、よかったら私に何か言葉をください。


代筆の手紙は以上です。


ところで、私がイベントで出会ったインターンシップ奮闘中の女子学生から受けた質問、「私は何をすべきでしょうか？」についてです。とっさに聞かれ、どう答えたらいいものか、私はちょっと考えてしまいました。

あれこれもごもごと言ってみた後、「あ！　これかもしれない」と浮かんだ答えがこれです。

「今、あなたのすぐ近くにいる友だちを大事にするといいんじゃないかな。あなたがどんな会社のどんな仕事に就いても、味方になってくれる存在をつくることが、今だからできることかもしれないですよ」

果たしてこの答えでよかったのか未だに自信が持てませんが、彼女は目をぱちくりさせて「へぇ〜、そうなんですかぁ！」と意外そうな顔をしていました。

私がなんで「友だちを大切にしたほうがいい」と言ったかというと、私自身、社会に出てしばらくはすっかり仕事を身につけることにしか時間と労力を注げず、友だちとの時間をないがしろにしてしまったという反省があるからです。

大人になってからの友だちづきあい（特に仕事を持ち、人生が幾重にも分岐する女性同士においての）については、またゆっくりと小手鞠さんに聞いてみたいことでもあります。

では、お返事を楽しみにお待ちしています。

望月衿子

望月衿子様

りんごの花が咲き始めた五月のウッドストックの森から、お返事を差し上げます。

衿子さん、よく覚えていて下さいました。そうなんです。私はりんごの花が大好き。桜はうつむいて咲きますが、りんごは空を見上げて咲く。そこが好きなんです。好きが高じて『アップルソング』という作品を書いたほど。

さて、今月いただいたお手紙を読んでいると、まぶたの裏に、黒のリクルートスーツに身を包んだ大学生たちの姿が浮かんできました。足もとは、ローヒールの黒いパンプスでしょうか？

というわけで、今回のメイントピックは就職活動で参りましょう。

衿子さんがシューカツに励んでいた二〇〇〇年ごろは「氷河期」だった、とのこと。大変だったね。学生たちは、分厚い氷の壁を前にして、孤軍奮闘していたのですね。

ここまで書いて、三月のお手紙に書かれていた衿子さんの失敗談、いえ、成功談を思い出し、つい笑ってしまいました。

意中の雑誌社の入社試験の答案用紙を埋めるために、人事担当者への手紙を書いて内定をもぎとった衿子さん。まさに、失敗を成功に変えた大逆転劇。衿子さんの大胆さに惚れ込んで採用を決定した人事担当者に、私は深く感謝しています。だって、その会社の仕事を通して、私たちはこうして知り合えたんですものね。

七十年代の終わりから八十年代にかけて、私をはじめとする女子大学生のシューカツは、衿子さんたちとはまったく違った理由で、氷河期でした。

いえ、氷河期よりも厳しい時代です。

「飢餓期」とでも言えばいいのかしら。

たとえば、女性事務員たった一名を募集している出版社の会社説明会に押し寄せた女子学生は、二、三〇〇人はいたでしょうか。私もその中のひとりでしたが、採用担当者は開口いちばん「弊社では、アパートなどでひとり暮らしをしている女性は採用しません。対象は、自宅で親御さんといっしょに住んでいる人に限ります」などと言い放っていたの。親といっしょに暮らしていない人は、私生活が乱れているから、という論理。ものすごい女性差別と女性蔑視。それらが大手をふって、まかり通っていた時代でした。

それが今は「売り手市場」で「引く手数多《あまた》」で「選び放題」で、それなのに彼女たちには「私たちが感じなかった類《たぐい》の迷いや焦りがある」？？？

思わず「ぜいたく過ぎる！」と、喝を入れたくなりました。

彼女たちは恵まれ過ぎていて、自分がどれほどぜいたくなことで悩んでいるのか、まったくわかっていないのですね。

でも実はその反面、大いに同情もできます。

選択肢も情報も多過ぎるのですね。何もかもが過剰だから、ふりまわされて、目移りばかりして、うまく選ぶことができない。選択肢はむしろ、少ない方が選びやすいし、自分にとって本当に必要なものはなんなのか、的確に把握できる。私の時代は、少な過ぎる、だったわけだけど、多過ぎるというのも罪なものです。

雑音や騒音が垂れ流されている環境下で、美しい音楽が美しい音楽として耳に入ってこないのと同じです。

しかもこの「情報過多」には、ある種の中毒性がある。いったん情報地獄に落ちてしまったら、そこから這い上がるのは至難のわざ。私も日々、インターネット上にあふれる情報を目の当たりにして、そう痛感しています。

現代は、いかにして情報を得るか、ではなくて、いかにして情報をシャットアウトするか、無駄な情報からいかに自分の思考力や判断力を守るか、そういう能力が必要になってきているような気がします。

情報は知識でも知恵でもないのに、情報を得ること=世間や物事を知ること、学ぶことと勘違いしている人が多過ぎる……。

話がだんだん横道に逸れていきそうな気配を感じますので、閑話休題、ここからは、シューカツ中の「彼女」にお返事を書くことにしましょう。

＊＊＊

永田町駅前のカフェからのお手紙、ウッドストックの森の仕事部屋で読ませていただきました。

シューカツ、お疲れさま。早々と内々定を獲得されたこと、まずは「おめでとうございます」と書かせて下さいね。

私も、今のあなたと同じように就職活動に励んで、大学卒業後、第一志望だった出版社に就職しました。迷いはいっさいありませんでした。なぜなら、私を採用してくれたのはその一社だけだったからです。

驚かれるかもしれませんが、今から四十年ほど前の女子大学生たちは、卒業したら

「就職するか、結婚するか」で悩んでいました。進路はそのふたつしかなかった、と言っても過言ではなかったのです。「結婚」を選択した人は、たとえ相手がいなくても、卒業後、郷里の実家に戻ってお見合いをしたり、「家事手伝い＝花嫁修業」をしたりしていたの。「結婚」は「永久就職」とも呼ばれていました。

私は「就職」を選択し、あなたと同じように、京都で自立し、ひとり暮らしを続けたかったので、とにかく関西圏のどこかの会社に就職しなくては、と、焦っていました。だから、採用通知をもらった時にはとても嬉しかったし、「がんばるぞー」と、期待に胸をふくらませて、新入社員になりました。

けれども、わずか一年半ほどで、私はその会社を辞めてしまいます。理由は、会社から与えられた仕事内容が性に合わなかった、不得意で苦手だと気づいた、つまりこれは長く続けていける仕事だとは思えなかったからです。

私の働いていた会社は、美術や古美術関係の出版社でした。

採用された部署は編集部で、私に与えられた仕事は編集業務。

子どもの頃から本が好きで、作文だけが得意で、いつか「小説家になりたい」という夢を抱いていたからこそ、マスコミ・出版業界を目指したわけですが、実際に会社で働いてみると、先にも書いた通り、編集の仕事は私にとって、自分に向いている仕事だとはどうしても思えなかった。日々、失敗ばかりして、まわりの人たちから顰蹙《ひんしゅく》を買っていました。私なりに努力はしたのですが、無理でした。

今の私がタイムマシンに乗って、あの会社に戻ることができたなら、上司か社長に掛け合って「営業職に異動させて下さい」と申し出たかもしれません。が、当時は自分からそんなことを言い出す度胸も勇気もなかったのです。

とにかく、私には編集能力がまったくないと悟った。

これは、大きな挫折でした。同時に、大きな発見でもありました。

長くその仕事を続けていきたければ、それは「好きで、得意なこと」が望ましい。その一方で、どんなに本が好きでも、たとえば本を編む仕事と、書く仕事と、売る仕事には、大きな違いがある。さらに「売る仕事」とひと口に言っても、営業、広告、広報、企画、宣伝、販売など、業務は多岐にわたっています。

仕事というのはそのように、奥行きの深いものです。

この「奥行き」を、初めて就職した会社で私は発見したのです。

あなたに内々定を出してくれた会社は「応募するくらいだから興味はある」と書かれていますが、あなたは、その会社の何に興味を抱いたのでしょう。

その会社で生産している物でしょうか。

業種でしょうか。

イメージでしょうか。

会社の規模、安定性、将来性でしょうか。

いろいろあると思いますが「正直、本命かどうか自分でもよくわかりません」と感じているのは、なぜなのでしょう。

おそらくあなたは、その会社に就職して、自分が毎日、どんな仕事をするのか、その具体的な内容が把握できていないために、漠然とした不安を抱いているのではないでしょうか。「淡々と与えられた仕事に取り組む自信はあります」と書かれていますが、もしもその仕事が、まったく自分の性に合わない、非常に不得手なことだったとしても、その自信は、揺らがないでしょうか。

もちろん、与えられた仕事内容が、最初は苦手だと感じていても、続けているうちに好きになるということだって、あります。逆もあるでしょう。最初は好きだと思っていた仕事が、続けているうちに嫌になってくる、というようなことも。

だから、まずは、一度や二度の挫折は覚悟の上で就職する、という心がまえを持ってみて下さい。

自分の未来を早急に決めてしまうよりも、迷いながらも、つまずきながらも、時には寄り道なんかもしながら、少しずつ、少しずつ理想の形に近づけていく。そういう生き方もまた「成功」なのではないでしょうか。

仕事とは、人が一生をかけて追求するに値する、人生のテーマそのものではないかと今の私は思っています。言いかえると、大学卒業間際の短期間に、若気の至りで、未来をそんなに簡単に決めてしまっていいのだろうか、と。シューカツとは、夢や目標に近づいていくための一過程であって、内定や就職は、真の意味での目標の達成とは言えないのではないか、と。

会社を辞めた私はその後、学習塾の講師、アルバイトの書店員、出版社での営業事務、雑誌のフリーライターなどを経て、結局は家の中でひとり、こつこつと物を書く仕事がいちばん好きで、性に合っているのだなと気づいて、今に至っています。

小説家として、きちんと生計を立てていけるようになったのは、新卒から数えると約三十年後。

実に長い時間がかかっています。

約三十年以上、シューカツをしていたようなものです。

しかし、長い時間をかけて得たもの、というのは、非常に強い力を持っています。

森が、一本、一本の木から成り立っているのと同じように、仕事も、小さな努力の積み重ね、大小さまざまな挫折や苦労の集合体です。若木が大木に成長するまでに長い時間がかかるのと同じで、仕事も人生も、短距離走ではなくて、マラソンなのです。しかもそのマラソンには、事実上、ゴールはない、とも言えます。仮にある年齢でゴールのテープを切ったとしても、そのあとにも人生は続いていくのだし、また次のゴールが見えてくることでしょう。私も、現在の状態がゴールであるとは、決して思っていません。言ってしまえば人生は、死ぬまで走り続けるマラソンなのです。

あなたは今、そのスタートラインに、森の入り口に、立っているのだと思って下さい。「考古学の研究の道に進むのが夢でした」と書いているあなたへ。

その夢があなたにとって唯一無二のものなのであれば、絶対に手放さないで下さい。根を張り巡らせて、がっしり捕まえて、決してあきらめないこと。

しぶとく、したたかに、しなやかに、そしてたくましく、生きていって下さい。桜のように美しい花も、りんごのように豊潤な実も、すべては強い根から生まれる、ということを忘れないで。

＊＊＊

玲子さんから、この手紙を彼女に手渡して下さいますか。

最後になりましたが、「友だちを大事に」という女子学生へのアドバイス。

まるで玲子さんから私へのアドバイスみたいで、胸に響きました。

何が苦手かって、人づきあいがいちばん苦手な私ですからね、いい意味で、耳が痛かったです。

この話はまたいつか、別の機会にね。

その頃にはほんの少しだけ、人づきあいが上手になっているでしょうか。玲子さんからポジティブな影響を受けて。

今のところまだ、人間よりも動物とつきあうのが好きで得意な

小手鞠るい

夏の章

就職してから四十代まで

〜挑戦の時代

六月の往復書簡

階段を昇ることへの抵抗

小手鞠るい様

東京は待ちに待った梅雨を迎えました。

紫陽花が大好きな私にとって、雨の季節はそれほど憂鬱ではありません。花には詳しくないのですが、たしか紫陽花は、根を張った土の状態によって咲かせる花の色を変えるとか。

なんだか人間みたいだな、と親しみを感じます。

さて、再び、小手鞠さんの愛がたっぷり詰まったお返事をありがとうございました。

私が手紙を代筆した〝永田町のカフェで佇む彼女〟にも、確かに渡しました。

「氷河期」なんて甘い、甘い！　の「飢餓期」の就職活動を経験された先輩ならではの熱い喝、そして、つかむ先を失った手を握りしめてあげるような力強い助言に、彼女も奮い立ったと思います。

小手鞠さんが書かれたように、今の時代は本当に情報過多で、それゆえに「何も経験していない時から不安を抱きやすい」のだと思います。

インターネット上で流れる不特定多数の人からの情報を集めただけでお腹いっぱいになってしまい、本当の自分の欲求や希望、夢を深く掘り下げるための静かな時間を持ちにくいのかもしれません。

SNSでたくさんの「いいね！」をもらうことで自分自身を認めることに慣れ過ぎて、めでたく内定を取っても「この内定は、『いいね！』をどれだけもらえるものなのか」と、他人からの承認をまず気にしてしまう。そんな心理もあるのではないかな、と想像したり。

彼女が危うく置いてきぼりにしかけていた「考古学の研究に進む夢」について、「その夢があなたにとって唯一無二のものなのであれば、絶対に手放さないで」という助言。なんだか私まで嬉しくなりました。

きっと彼女は、大学を卒業して最初の就職が、自分の人生にとってとてつもなく大きな意味を持つものだと考えたのだろうと思います。

特に日本は長らく「新卒一括採用」の慣習が根強く、それが若者をがんじがらめにしてしまっている面は多々ある気がします。

もっと自由に、人生のどの時点からのキャリアチェンジも歓迎されるような雰囲気が生まれたらいいのにと個人的に強く感じます（二十二歳の時点で全員一律に将来を決めろ、というのがそもそも乱暴ですよね？）。彼女もまた、「今、決めなきゃいけないの？」という焦りに追われていたのではないでしょうか。


それに、夢を追うことには勇気がいります。

あれこれとできない理由を見つけてあきらめたほうが楽じゃないかと夢から目を背けてしまいそうになることって、あると思うのです。

なぜ夢を追うのが怖くなるのか。その答えは、小手鞠さんのお手紙を読みながら、浮かんできました。「〝今の自分〟しか見えていないから」かもしれないと。

家庭の経済的な理由で、考古学の研究の道に進むことが今は難しくても、小手鞠さんがおっしゃるような「夢の根をしっかり張る」意識を絶やさなければ、たとえば就職して数年の間にお金を貯めて、もう一度大学院進学にチャレンジするといった方法も選択肢として浮かびそうです。

「仕事も人生も、短距離走ではなくて、マラソン」という小手鞠さんの言葉は、「時間を味方につけなさい」というメッセージとして私は受け止めました。

時間は有限ですが、誰にでも与えられた平等なチャンスでもある。当たり前の真実ながら、私自身を振り返っても、若い頃にはその価値に気づけていなかったなと思います。四十歳になった今からでも、これから挑戦したい夢が見つかったら、怖がらずにしっかりとこの手につかんでいくことを誓いたいと思います。

時間を味方につけて――。

お手紙の中で、「情報は知識でも知恵でもないのに、情報を得ること＝世間や物事を知ること、学ぶことと勘違いしている人が多過ぎる」というご指摘にも、ハッとさせられました。

何も身につけていないのに、頭でっかちになって、すべてわかっている気になる。きちんと対話を交わしていない相手のことを、十分に知った気になってしまう。本当に危険なことですね。

現代人はかつてないほど情報過多の環境に生きていることを自覚し、不要な情報をカットする知恵を身につけなくてはいけないと、わが身を振り返りました。

小手鞠さんの場合はいかがですか？「自分の心を見つめるための静かな時間」を保つために工夫されてきたことはありますか？

もし日常の心がけとして教えていただけることがあればぜひアドバイスをください。


それにしても小手鞠さんのシューカツ体験談、どれもこれも「そんなことが本当に……？」と驚くお話ばかりで、目をパチパチさせながら読みました。

女性が一人前の働き手として認められていない時代、先輩方が理不尽な思いを噛み殺しながら一つひとつの仕事に誠意を尽くしてきた結果として、今の女性たちの自由とそれゆえの〝贅沢な悩み〟があるのですよね。

日本という平和な国、まだまだ遅れているとは言われながらも女性にも数多くの職業選択のチャンスがある環境に生まれ育ったことはありがたいことなのだと、ときどき思い出さなければいけないと身が引き締まりました。


と言いながら、またまた小手鞠さんの「喝！」に火をつけてしまいそうなことを書いてしまってもいいでしょうか。

小手鞠さんの世代から見ると「なんでも手に入れられる贅沢世代」でしかない今の二十～三十代の女性たちから昨今よく聞かれるのが、「昇進したくない」という悩みなんです。男性と同じ待遇で就職し、結婚や出産をしても復職できる環境の中で、ある程度の期間、普通に真面目に働き続けていると、「主任」「チームリーダー」といった役職がつき、そのうち部下の評価査定も任される管理職への扉が開きます。

おそらく今の五十代以上の女性たちの世代には「管理職になる女性は、ほんの一部のバリキャリだけ」という感覚が一般的だったのではないかと思うのですが、今は「フツーの女性が管理職になる」時代に変わりつつあります。

日本の労働人口が激減する中での政府主導の女性活躍推進政策もあって、女性のリーダーを増やそうとする追い風が吹いているのです。

社会の意思決定をする立場に女性が増えることはとっても素晴らしいことだと、私は思います。女性だけでなく、外国人や障がい者や性的マイノリティの方々など、多様な立場の意見が反映される社会へと変わる流れでもあります。

パチパチパチ！　後輩たちよ、がんばって！　……と旗を振りたい気分なのですが、実は当の本人たちの気持ちがついていっていないという問題があるようです。

私が取材で出会った二十～三十代の女性たちに話を聞くと、「責任を負うのが怖い」

「人をまとめたり、指導するような能力はまだ身についていないと思う」「いつか結婚・出産もしたいから、仕事で忙しい人生は目指したくない」などいろんな不安が出てきましたが、特に印象的だったのはこんな意見です。

「会社の中で昇進している女性の先輩はものすごく大変そう。特にワーキングマザーの先輩は、髪を振り乱して仕事をしていて一寸の余裕も見えない。あんなにつらくなるくらいなら、管理職にはなりたくない」

つまり、前世代の働く女性の先輩たちの〝がんばり過ぎる姿〟を見て、「自分にはあれほどのことはできない」と引いてしまっているのです。

小手鞠さん、「なーに言っているの！」と呆れ顔でしょうか？　彼女たちにどんな言葉をかけたいと思いますか？

もし私が彼女たちに何か言うとしたら、「とりあえずやってみたら？」です。

私自身は管理職になった経験がありません。十年前の三十歳前後で会社を辞めて、フリーランスの道に進むと決めた時から、「組織の中で管理職になる」という道は捨てたということになります。

そして、今、元同僚や後輩がどんどん組織の中核に入ってきて、まさに管理職として活躍する立場になっています。仕事で会う機会にあれやこれやと苦労話をしてくれる彼女たちは皆揃って「大変なのよ～」と言いますが、その横顔はキラキラと輝いています。なんといっても、会社という組織の力を使って、自分の意志でチームを方向づけて、目標を達成していくということは、その立場にならなければできないことですから。「裁量がある分、管理職になる前よりもずっと自分らしく働けるようになった」という人もいます。

彼女たちの横顔を見ながら、私もつい「かっこいいなぁ。私も会社に残っていて、もし管理職になれる機会があったら、それはそれで楽しかったのかも」なんて思ったりします（フリーランスという今の働き方が心底気に入っていますが）。

二十代の頃には「管理職は大変そう」という画一的なイメージを抱いていましたが、今、身近な人が実際に管理職になっていく様子を見ていると、「人それぞれ、いろんなやり方があっていいんだな」と実感しています。

部員時代はおとなしくて控えめだったのに、管理職になってから、とてもうまくチームの輪をまとめていって周囲の評価が上がった元同僚もいます。

ひとくちに管理職といっても、人それぞれの持ち味の出し方があるから、「こうでなければ」というお手本は持たなくてもいいのかもしれませんね。

当面はありませんが、もしもいつか私がまた組織でがんばりたいと思う時が訪れたら、
〝時間を味方につけて〟じっくりと構えていこうと思います。
では、お返事楽しみにお待ちしています。

望月衿子

望月衿子様

雨に濡れて咲く日本の紫陽花。とてもなつかしいです。

こちらには梅雨はなく、毎日さわやかな青空が広がっています。野原や路肩には初夏のワイルドフラワーが咲き乱れて、一年でいちばん美しい季節。山に登ると、野生の萼《がく》紫陽花やマウンテンローレルが咲きこぼれています。色はどちらも白。この季節、ウッドストックの森はまるで桃源郷のようです。

さて、六月のお手紙で、興味深い話題をふたつ、投げかけていただきました。

ひとつ目は、ＳＮＳについて。

先月のお返事の中に、私は「情報過多には、ある種の中毒性がある」と書いていますが、何を隠しましょう、私は一時期、ツイッター中毒になってしまって、みずから滑り込んだ落とし穴から、抜け出せなくなっていたことがあるのです。

ツイッターを始めた目的は、ずばり自著の宣伝でした。

本が売れなくなったと言われるようになって久しい昨今、私もただ書くだけではなくて、書いた本を読者に届けていくための努力をしなくては、というような思いに駆られて始めたわけです。

決して、誰かと知り合ったり、知らない人とコミュニケーションしたりしたくて、始めたわけではなかった。人づきあいは苦手な私ですしね（笑）。

ところが、いざ始めてみると、たちまち虜《とりこ》になってしまったの。なぜなら、それまでは、私の耳にはほとんど入ってこなかった「読者の声」が直接、聞こえてくるからです。驚きましたし、感動もしました。

そうか、私の作品を読んでくれていたのは、このような人たちだったのか、と。

始めたばかりの頃は、届いたメッセージに、漏れなくお返事を書いていました。

私がお返事を書くと、それに対してまたお返事が届きます。

また書く。また届く。それのくり返しです。

ああ、この人はとっても優しい人なんだろうな、会って話したら、楽しそうだな。そんなふうに思える人もいれば、ああ、この人はなんて熱心に私の作品を読んでくれているのだろう。本当に頭が下がる。そんなふうに思える人もいます。

しかし、中には危険な人もいます。ファンですと言って近づいてきて、途中で手のひらを返したように、私の作品をけなしたり、誹謗中傷をしたり。まるで私を傷つけるためにメッセージを送ってくるかのようです。

本当に色々な人がいます。

そのうち、悩み相談や恋愛相談も頻繁に届くようになり、相談だけじゃなくて、愚痴あり告白あり自慢話あり……そうして、ある日ふと気がついたら、朝から晩まで、返事を受信したり送信したりしていて、これじゃあ、原稿を書く時間がないじゃない！　という状態に陥っていたのです。

衿子さんは今、苦笑いをしていますか？

食べ始めたらやめられない。なんだかスナック菓子の広告みたいですが、ツイッターにもそのような中毒性があります。少なくとも私の場合はそうでした。

それもあるけれど、実は私という人間、もともと、なんにでも溺れやすい性格なんですね。とことんまで行かないと気が済まないというか。その昔、お酒に溺れていたこともありますし、前にも書いた通り、恋愛にもね。

でも「書くこと」に溺れたり、文章や言葉や小説に溺れたりしている限り、この性格は、大きな強みでもあるわけです。物語にとことん溺れることができなかったら、人に読んでもらえる作品なんて書けないだろうと、私は思っています。

そんなこんなで、ある日を境にして、ツイッターの使用時間は一日五分以内、ツイートは一日一回と決め、原則として、ほかの人のツイッターはフォローしない、という方針を貫いています。もちろん例外はありますけれど。

つまり私のツイッターは、メッセージを一方的に発信するだけで、コミュニケーションは遮断しているわけです。なぜなら、私の仕事は小説を書くことだから。その時間が、ツイッターによって食いつぶされるようなことがあってはならないから。

それでもなお、フォローして下さっている人は少ないながらもいて、これは本当にありがたいことだと思っています。フォロワーの方々へは、新しい作品をお届けすることで、感謝の気持ちを贈りたいと思っています。

ここまでに書いたことが、衿子さんからいただいた質問――「自分の心を見つめるための静かな時間」を保つための工夫や日常の心がけは?――へのお返事になっていますでしょうか。

とにかく強く意識して、ツイッターを含むインターネットの使用時間を制限するようにしています。自分の意志でコントロールする以外に、自分を守る術《すべ》はありませんから。仕事上、必要な調べ物をするための最初のステップとして使うことはありますが、いわゆるネットサーフィンはしない、ニュースもブログも読まない。

インターネットの使用時間が、読書の時間を上回るようなことがあっては断じてならないと、常に自分に言い聞かせています。本を書いて、その本を誰かに読んでもらいたいと思っている本人（私です）が、本を読まないでネットの記事をだらだら読んでいるなんて、言語道断。どんなに面倒でも、時間やお金がかかっても、知識や知恵は紙の本から得るようにしています。

原稿執筆が終わったら、きっぱりとパソコンの前を離れて、外に散歩に出かける。そこには、途方もなく豊かな、リアルな森が広がっています。本物の空と雲の下に、本物の木が生えていて、本物の小鳥がさえずっています。バーチャルな世界が、本物の世界に、かなうはずなどありません。

ふたつ目の話題、管理職について。

そうなんですか！

今は日本も「フツーの女性が管理職になる時代」になりつつあるのですね。

素晴らしいことです。心底うらやましいです。

私もそういう時代に、会社で働いてみたかったなぁ。

女性社員にも男性同様、昇進の道が開けていたのであれば、私だって、すぐに会社を辞めないで、がんばってみたかも。

それなのに「自分にはできない」と、最初から引いてしまっている若い女性が多い？

喝!? いえいえ、きょうはそんなことは言いません。

優しく軽くふんわりと、衿子さんと同じ言葉をかけたいと思います。

とりあえず、やってみたら？ って。

ね、衿子さん、この往復書簡を始める前の私たちの合言葉も「とりあえず、やってみようよ」だったよね？


前のお手紙にも書きましたが、本が好きで、本に関係した仕事がしたいと思って出版社に入ったのに、実際にやってみたら、編集の仕事は自分には向いていないと悟り、今は仕事部屋にこもって、ひとりでこつこつ原稿を書いている私ですが「絶対にできない、そんなの無理」と思っていた講演会やトークショーは、実際にやってみると、これが意外に楽しかったの。

つまり、人間というのは案外、自分のことがわかっているようでわかっていない。苦手だと思っていても、それは食べず嫌いに過ぎないのかもしれないし、見た目は「大変そう」でも、やってみると「意外に簡単」だったりすることもあるでしょう。

そういえば、私は長年、子ども向けの本を書くのは難しそう、私にはできない、と思ってきました。私には子どももいないし、育児の経験もないし、子どもの気持ちもわかっていないだろうと思って。

だから、児童書執筆の依頼をいただいても、辞退していたの。でもある時ふっと、軽い気持ちで書いてみたら、すらすら書けたのです！

えっ、どういうこと？

全然、難しくないじゃない？

目から鱗が落ちました。

難しいと思っていたのは、私が私を苦手意識で縛りつけていたからだったのです。

大人向けの作品と子ども向けの作品を、頭の中でふたつに分けて考えていたことも原因でした。同じように書けばよかったのです。ただ、児童書の場合、使える語彙に少々、限りがあるだけ。

それからは俄然、児童書を書くのが楽しくなって、今に至っています。

管理職にもきっと、大変そうに見えているけれど、やってみると楽しい側面もあるのではないでしょうか。

ただ上に立って、人をまとめていくだけではなくて、管理職というのは、下から支えられて成り立っていくものでもありますよね。誰かの下で働いていた時、あこがれの上司がいたり、あんな上司だけにはなりたくないと思っていた人もいたりしたことでしょう。ならば、自分がそのあこがれの上司になればいいのです。

たとえば、新入社員だった頃、苦労して完成させた初めての仕事を上司から高く評価されて、飛び上がりたいくらい嬉しかった経験。その時の上司の言葉や笑顔によって、どれだけ励まされ、どれだけ自信がついたことか。その経験を、今度は上司になって、部下に返してあげる。というふうに、それまで人の下で働いてきた経験は、ことごとく生かすことができますよね。こんなお得な話はないと思います。

そして「昇進している女性の先輩はものすごく大変そう、特にワーキングマザーの先輩は」と感じている人には、こう言ってあげたいです。

外から見ただけだと、大変そうに見えるかもしれないけれど、ものすごく大変そうな裏側には、大変だからこそ、ものすごく楽しくて、ものすごく幸せなことが貼りついているものです。

ワーキングマザーには、猛烈に忙しい仕事をこなしたあとに対面する我が子の笑顔、というご褒美だってあるはず。

衿子さん、今、大きくうなずいているでしょう?

「大変そう」を引き受けて努力してこそ初めて、仕事の喜び、自立の喜びを味わえます。苦労のないところに、甘い果実は実りません。

なんて、偉そうなことばかり書いていますが、このようなことがわかるようになってきたのもつい最近のこと。大学を卒業してからかれこれ四十年近く、仕事を続けてきたからです。

二十代、三十代の頃には、私にも、大変そうなことは、大変そうにしか見えなかった。こんなにも大変で、こんなにもつらくて苦しい仕事、辞めたい、いいことなんてちっともないって、何度、思ったことか。いまだに、たった一枚の原稿を書くのがこんなに大変なのに、五百枚なんて書けっこないって、最初から自分に負けてしまっていることもあります。

でも、一枚一枚、辛抱強く書いていけば、絶対に五百枚目はやってきます。

山登りとおんなじです。あんな高い山に登れるはずはないって、ふもとに立っている時にはいつも思うけれど、一歩ずつ登っていけば、必ず頂上にたどり着けます。

その頂上からの眺めの素晴らしいこと！

ああ、がんばって登ってきてよかった。心は満足感でいっぱいになっています。眺めだけじゃなくて、この満足感がなんとも言えず素晴らしい。だからまた、性懲りもなく登ってしまう。

誰の人生にも、時には限度を超えて、がんばり過ぎる時期があってもいいのではないか、と、今の私は思っています。楽ばっかりしていたら、精神が萎えてしまいます。ものすごく仕事が忙しくて、体を壊すくらい無理をして原稿を書いていた時期の方が、仕事がなくて、毎日、暇だった時期よりも、私は何倍も幸せだった。

今も幸せです。


こうして、衿子さんにお手紙を書けることの幸せを噛みしめながら

リアルな桃源郷の森の仕事部屋より

小手鞠るい

七月の往復書簡

夫と私、どちらが偉い？

小手鞠るい様

初夏のウッドストックの桃源郷から、お返事をありがとうございました。東京はというと、雲の形が日に日に立体的になり、夏らしくなってきました。

さて、今回の小手鞠さんのお返事からも気づきや学びをたくさんいただけました。まず、ツイッターの件。そんな経緯があったのですね！とはいえ、その状況にみずから気づき、「自分の心を見つめるための静かな時間」を取り戻す行動をとられた小手鞠さんのセルフコントロール力。さすがだと思いました。

パソコンを閉じて、扉をあけ、どこまでも広がる森の木々が吐き出したばかりの新鮮な空気を吸う。小さな生き物たちの営みがひしめく地面を一歩一歩踏みしめながら、検索して保存することなどできない一期一会の風景を味わう。

そんな日常を体感している小手鞠さんの「バーチャルな世界が、本物の世界に、かなうはずなどありません」という力強い言葉、確かに受け止めました。

私もときどき、近くの公園の森に出かけます。何をするでもないのですが、ただそこにいるだけで心の感度がリセットされるような気がするのです。

そして、管理職への挑戦についての話題から教えてくださった、「大変そう」なことに飛び込んでみる勇気と、その向こう側にある世界の広がり。

想定外なきっかけこそ、自分を成長させてくれるチャンスになるのですね。自分自身の可能性をいつまでも信じられる大人になっていきたいと、あらためて思いました。「とりあえず、やってみようよ」から始める一歩、大切にしていきます。

今日は小手鞠さんにまた新たなテーマを投げかけさせていただきたいと思います。それはずばり「夫婦」、パートナーとの関係です。

女性が働き続ける上で、パートナーとどんな関係を築いていくのかは、大きな問題ですよね。

そもそも「働いている」という時点で、充分に経済的自立が可能であれば、結婚しなくてもいいという大前提があります。私の周りの同世代の友人知人にも、シングルライフを満喫している人は何人もいます。感覚的には、同じ大学を卒業した友人たちのうち四割くらいは独身です。

彼女たちは「私は仕事に生きる！」と気負っていたわけではなく、ただなんとなく仕事や趣味を自分のペースで楽しんでいるうちに、結婚という機会を通過しなかっただけ。言いかえれば、「結婚しなくても困らない」という感覚でいるようです。

誰かに依存しなくても生きていける強さと自由を得た女性がこれほど世にあふれた時代というのは、日本の歴史の中でも初めてかもしれません（だから晩婚や少子化が社会問題になっているとも言えるのですが、社会の問題と個人の幸せの選択の問題はいっしょくたには語れませんよね）。

そんな中、私は三十歳の時に、例の〝いちごの彼〟と結婚しました。学生時代からカウントすると、もう二十年くらい生活を共にしていることになります。

以前の手紙にも書きましたが、彼は私にとって「守りたくなる存在」でしたので、道端で目が合ってしまった猫を家に招くように、いっしょに暮らし始め、今に至っています。

こういった流れの延長で夫婦になったので、私はいわゆる「結婚相手選び」を真剣に考えたことがありません。

二十代で携わっていた女性誌編集の仕事では、「恋愛と結婚は違う！」とか「結婚相手に求める条件は？」といった特集記事をつくりながらも、実感としてはあまりピンと来ていなかったというのが正直なところです。

あまり深く考えずに結婚した私ですが、ラッキーだったのは彼が「女性が働くこと」をごくごく自然に受け止めていることです。

たしか入籍する時も、「衿子の姓にしなくて大丈夫なの？」と聞いてきたので、私が驚いたくらいです（日本でもここ半年くらいで、夫婦別姓の問題や「夫を〝主人〟と呼ぶのはおかしい」といった話題が盛り上がっているんですよ）。

世の中には、「女性は家を守るべき」といった価値観を大事にする男性も少なくないわけで、もし彼がそのタイプだったとしたら、私は日々葛藤していただろうなと思います。

苦手な経理を手伝ってくれたりと細々としたフォローをしてくれるのはありがたいですし、子どもが産まれてから一年近い育休を取ってくれたことも、ブラボー！　な出来事でした（男性でそこまで長い育休取得者は彼の職場でも初めてだったそうで、だいぶ風当たりが強かったようです）。子どもが小さい時には「ベビーシッター」として私の出張に連れ添ってくれたことも。彼は私の成果物にはほとんど目を通しませんが、報告をした時には喜んでくれます。このほどよい無関心さも、私の力を抜いてくれます。

彼は彼で「仕事よりも趣味で自己実現をしたい派」なので、周りから勧められても頑なに昇進試験を受けず、「出世しない人生」を貫いています。

サービス残業はせずに、子どものお迎えに間に合う時間に職場を出る。土日の休みを確保できる職種を選んで、週末はアクティブに音楽活動をしています（バンドを五つも掛け持ちしているのです！）。

仕事から帰って子どもが寝てから自分の時間を確保して、歌の練習に勤しみ、毎日睡眠時間は三〜四時間しかとっていないので心配するのですが、「体は疲れるけれど、心にストレスはない」そう。ここまで趣味に真剣な人を二十年も間近で見続けると、呆れるを通り越して尊敬の域に達してきました。


このように書くと、「夫婦でよいバランスじゃない？」と思われるかもしれませんが…、実はときどき、なんとも言えない感情が私の心を真っ黒に染める時があると告白させてください。

ひとつには、「私は仕事で忙しいのに、あなたは趣味で忙しいだけじゃない？」という苛立ち。

たとえば日曜日の午前、いつか仕事の参考になりそうなイベントがあって「行ってみていい？」と私が聞いてすぐ、「あー、その時間帯はリハーサルが入っているからダメ」と返された時のカチン！（日曜は保育園に預けられないので、どちらかが子どもといっしょにいる必要あり）。

思わず「え？　それは遊びでしょ？」と反論する私。彼は「遊びじゃない。大事な用事だ」と譲りません。もちろん取材や打ち合わせといった相手のある仕事の時にはなんとかしてくれるのですが、私の用事が重要度が高いものではないとわかった場合、彼は自分の主張を引き下げません。

「遊びでしょ！」「遊びじゃない！」というやりとりを何百回とくり返し、最近ようやく気づきました。私の中に「仕事は趣味より偉い」という根拠のない方程式が成り立っていたことを。

大切にしたい自己実現ができる場は人によって違うし、その場所はたとえ夫婦であっても侵してはいけない。私はたまたま幸運にも仕事で自己実現できる場を持てているけれど、彼の場合は仕事以外の時間にそれがある。どちらが偉いとは誰にも決められない。未熟な葛藤を経て、ようやくそんな境地に至ったわけですが……。小手鞠さん、私の今の考えは果たして間違っていないでしょうか？　彼の根気強い主張に負けてしまっただけかしらとも。

そして、自分で自分が嫌になる感情がもうひとつ。本当にお恥ずかしいのですが、勢いに乗って告白します。

「もっと稼いでくれたらラクになるのになぁ～！」という、なんともコンサバティブな感情です。

出世に消極的な彼ですから、当然、お給料は横ばいです。その分、育児をシェアできて、私がいろいろなことをあきらめなくて済んだという事実があります。

ただ、数年前、彼が「僕が仕事を辞めて衿子のサポートをしてもいいんだけどね」と言った時、なんとも複雑な気持ちになったのです。

この手紙の冒頭でも書いたように、今は経済的に男性を頼らなくても自活できる女性の人生も当たり前ですし、贅沢さえしなければ私が〝大黒柱〟になることもまったくの非現実的選択肢ではないはずなのです。実際、税理士さんに電卓をはじいていただいたら「むしろ社会保険料の節約になるので、ご主人が今の仕事を辞めることによる経済的デメリットはありません」と言い切られました。

女性の自立を応援する記事もたくさん書いてきました。

なのになのに、どうしてでしょう。いざ自分のパートナーが「専業主夫になってもいい」と言い出すと、ものすごく不安になるし、私の奥底に眠っていた「やっぱり男性にはある程度稼いでもらわないと」という感情が起き出してくるのです。

性別が逆で同じ状況だったら決して生まれない感情だろうなと思うと、私の中に無意識的に根付いている性別役割分担的発想に、ガッカリしてしまいます。

小手鞠さん、乱暴にぶつけてしまいますが、こんな矛盾した私をどう思われますか？

ここまではマインドの話。夫婦には、もうひとつ、「実生活のスキル」という面で解決しないといけない問題もあります。つまり、家事です。

女性が働き続ける上で、パートナーの家事力は必須ですよね。残念ながら、日本の男性が家事に費やす時間は世界の中で比べてもかなり水準が低いという調査結果があるそうです。

私もまだまだ夫を〝教育中〟で発展途上なのですが、息子には絶対に家事力を身につけさせようと、料理も洗濯も掃除も、すべて巻き込んでいます。

息子が結婚相手を見つける時には、女性が働き続けることは今以上に当たり前になっているはずですし、「家事力がない男は結婚できない」時代になると確信しているからです（たとえ結婚しなくても、自活する力は生きるために不可欠ですしね）。

小手鞠さんのパートナー、グレンさんは家事力もばっちり備えていらっしゃるというイメージがあります。それは、出会った時からそうだったのでしょうか。それともいっしょに暮らす中で育まれてきたものなのでしょうか。

女性が働き続けるための環境づくりとして、夫の家事力を磨くためのアドバイスがあれば、ぜひお願いします。


今日もついつい筆が乗って、長い手紙になってしまいました。随分と好き勝手にボールを投げてしまいましたが、小手鞠さんがどんなお返事を書いてくださるのか、心待ちにしています。

そろそろ夏休みの計画も立てる時期ですね。小手鞠さんはどんな夏をお過ごしになるのでしょう。よかったら教えてくださいね。

望月衿子

望月衿子様

今の衿子さんの思い――もしかしたら、日本全国のワーキングマザーの思い、なのかもしれないね――のたっぷりこもったお手紙、アメリカの森の仕事部屋で、しっかりとこの胸に受け止めました。

というような前置きはここまでにして、今回は、季節のごあいさつもすっ飛ばして、いきなり本題に入ります。

まずは、衿子さんの「カチン!」から。

その場面を読んで、「遊びでしょ!」「遊びじゃない!」というふたりの会話が、私の耳もとで聞こえたような気がしました。そして、気づきました。これって、私たち夫婦がかつて、何度も何度も交わしていた会話にそっくりじゃない? って。

でも、そっくりではあるのですが、立場はまったく逆。

つまり、衿子さんの彼=私で、衿子さん=うちの彼だったのです。

ちょうど、私が今の衿子さんくらいの年齢の頃のことでした。

前にもお話ししましたが、三十代の終わりから四十代の終わりにかけて、なんと十年あまりも、私は小説家として生計を立てていくことが、できていなかった。つまり、夫の稼ぎに頼って生活していたわけです。

せっかく新人賞をもらったのだから、なんとかして、小説家としてやっていけるようになりたい。そう思って、原稿だけはせっせと書いていました。せっせと書いた原稿を携えて日本へ戻り、出版社を回りながら、編集者に原稿を預ける。アメリカに帰ったあと、「原稿はボツ」の知らせを受け取る。またせっせと書き直して、次の年に日本へ戻って、営業して、返事を待って、またボツか……をくり返していたのです。

そんなある年のある日、夫から言われました。

「日本へ帰国するために、どれくらいのお金がかかるか、わかっているの？」

と、計算機に打ち込まれた数字を見せられながら。

「飛行機、ホテル、飲食代を合わせると、これだけの費用がかかってるんだから、それに見合う原稿料を稼いでもらわないと困る。それができないのであれば、次回の帰国は見合わせてもらいたい。仕事につながらない遊びの帰国は、今の我が家の経済状態では不可能だ」

その頃、うちにも猫がいたので、帰国は私ひとりでしていました。

先にも書いた通り、生活費を稼いでいたのは夫だけ。

だから、彼の言うことには筋が通っています。稼いでいない私がひとりで日本へ遊びに行って、いいはずはありません。けれども、衿子さんもお察しの通り、その旅は私にとっては決して、遊びじゃなかったのです。

「遊びじゃない！　書いた原稿を必死で売り込みに行っているのよ。遊びであるはずがないじゃない！　それに日本ではね、何度も会いに行って、編集者と良好な信頼関係をつくらないと、仕事は成立しないの。時間がかかるの。契約社会のアメリカとは違うんだから」

「社会の違いはともかく、具体的な仕事が成立しない限り、その旅は遊びに過ぎない。結果を出せなかったら、費用は無駄だし、日本では遊んだことになる」

くやしかったです。でも、彼の言っていることは、理にかなっています。それがわかるだけに、くやしかった。

今に見ていろ、絶対に結果を出してやる！　と、煮えたぎるような気持ちで、原稿を抱えて日本へ戻っていました。

しかし、今にして思えば、あのくやしさがあったからこそ、私はがんばり続けることができたのだと思います。夫には一応、感謝しています。

まあ、こんないきさつがあるせいか、衿子さんの彼の「遊びじゃない。大事な用事だ」という主張と気持ちが、私には手に取るように理解できるの。

でもね、「仕事は趣味より偉いのか」については、私は迷うことなく、衿子さんに軍配を上げます。

稼いでいる人の方が偉い。

これは、誰がなんと言おうと、正しい。少なくとも私はそう考えています。だって、趣味のためにもお金は必要ですよね。そのお金を稼いでいる人の方が、偉いに決まっています。稼げなかった時代、夫のお金でご飯を食べさせてもらっていた私だからこそ、こう断言することができます。夫の稼ぎがなかったら、私の日本帰国の飛行機代は、どこからも出てこなかったわけですから。


さて次は、性別役割分担的発想について。

これについては、衿子さんに「そんなにがっかりしなくてもいいのよ」って言いながら、優しく肩を叩いてあげたいです。それは、自己分裂でも矛盾でもなんでもない、ごく自然な発想だし、否定する必要のない感情だと私は思います。

もちろん、職場における男女の平等は、非常に重要だと思っています。女性だからというだけで、社会進出のチャンスが奪われたり、活躍の幅が狭められたりするのは絶対によくない。

けれども、そう思う一方で、たとえば私は「いざという時、頼りになる男」「力持ちで、大工仕事が得意な男」が大好きだし、手前味噌ではありますが、私はうちの夫のそういう「男らしい」ところにも、ばりばり稼いでくれる「たくましさ」にも、ぞっこん惚れ込んでいます。

俺についてこい、みたいな男。昔から、大好きなんです。これはもう好みなんだから、どうしようもない。

そういう個人的な感情、いわゆる好き嫌いは、男女差別には当たらないのではないでしょうか？

だから、衿子さんは、自分を責める必要などまったくありません。

うちの夫ほどあからさまに言うのはどうかと思いますが、しかし私にとってその効果は抜群だったわけですが、もしも今後「今なら言ってもいいかも？」というような格好のチャンスが巡ってきた時、衿子さんから彼に「出世して、ばりばり稼いでくれるあなたも大好きだなぁ」みたいなソフトな言い方で、今の気持ちを伝えてみたらどうでしょうか？

最後に、家事について。

これも、ここまでの話と深く関係していますが、我が家では、稼いでいる人はできるだけ仕事に集中・没頭し、稼いでいない人が家事を引き受けるという原則を、ずっと貫いてきました。

ですので、私がまったく稼げていない時期、私は家事を一手に引き受けていましたし、五十代になって、私の稼ぎが彼のそれを上回るようになってきてからは、彼は積極的に家事をしてくれています。

「きみは、家事なんかしなくていい。原稿のことだけ考えていればいい。日本ではもっと遊んできたら？　いい仕事をするためには、息抜きも必要だよ」

なんて、立場は完全に逆転。気分は最高です。やっぱり、なりふりかまわずがんばってきてよかったなぁ。

ちなみに現在、スーパーマーケットでの買い物と料理は、彼の担当になっています。そのきっかけは「買い物や料理をしながら、小説のことを考えるのは難しいけれど、掃除やあと片付けをしながらだったら、考えることができる」と、私が言ったこと。

「わかった。それなら、僕が買い物と料理を担当しよう。ただひとつ、お願いがある。自分の食べたい料理のレシピを選んで、カウンターの上にレシピブックを広げておいて欲しい。メニューを考えるのは苦手だから。それと買い物リストの作成」

「ええっ？」

と思いましたね。虚をつかれました、非常にいい意味で。

ええっ？　そんな夢みたいなことが現実の世界で起こるわけ？

思わず、頬をつねりそうになっていました。

初めての彼の手料理を食べた時には、とにかく、ほめてほめてほめまくりました。野菜カレーだったかな。レシピ通りに、茄子とマッシュルームと葱が入っていました。

「信じられない！　こんなおいしいカレー、食べたことがない。あなたには料理の才能があるんだね。すごいなぁ」

本当においしかった、ということもあるけれど、今がほめ時、と思ったことも事実。ほめて、おだてて、いい気分にさせて、このままずっと、ずっと、料理をしてもらおうという下心。これは成功しました。衿子さんにもおすすめします。

ほめて夫をその気にさせる。

と、いろいろ勝手なことばかり書きましたが、何がいちばん言いたかったかと言いますと、それは、彼のことを長い目で見てあげて、ということです。

私の例でもわかるように、仕事も夫婦の関係も、長い時の流れの中で、さまざまに変化します。大きな変化もあれば、小さな変化もあるでしょう。ふたりを取り巻く状況が変われば、それにともなって、ふたりの考え方も、時には生き方さえも変わってきます。「変わらない愛情」だけがあれば、そのときどきの諸々の変化を受け入れて、成長したり、後退したりしていけるはず。前進するだけが成長じゃない。時には後退することだって、成長のうちです。決して、早い段階でこうだと決めつけたり、結論を導いたりする必要は、ないのだと思います。

これから何年かのちには、衿子さんの彼だって「僕の趣味のイベントよりも、衿子の仕事関係のイベントの方が大事だよ」って言うのかもしれないよ。


結婚の、どこがそんなにいいの？

なんて、若い友人から訊かれた時、私はこんなふうに答えています。

「ひとりの男性の成長や変化をすぐそばで見られる。これって、すごく面白いことだよ。私、二十代から五十代までの夫の変化を目の当たりにしてきて、ほんと、結婚って面白いものだし、楽しいものだなぁって思ってるの」

さあ、この手紙も書き上げたことだし、一階――私の仕事部屋は二階にあります――へ降りていって、男らしくて頼りになる夫のつくってくれた、ランチを食べることにしましょうか。匂いから察すると、本日のメニューは、ゆうべカウンターの上に広げておいたレシピ、メキシコ料理の「エンチラーダ」のようです。

追伸＊今年の夏はどこへも行かずにひたすら仕事。でも、彼といっしょに近くの山や公園へ出かけて、楽しく遊ぶのも忘れないようにしますね。そして、我が家のシェフに料理の休憩と研究をさせてあげるために、思いっきり高級なレストランへも連れていってあげましょう。

小手鞠るい

八月の往復書簡

子どもを持つ選択、持たない選択

小手鞠るい様

真夏の日差しが容赦なく降り注ぐ東京より、こんにちは。

今ごろ、小手鞠さんは〝仕事どっぷりの夏〟と〝シェフとの休息〟を満喫していらっしゃるのでしょうか？

私のほうはすっかり日焼けした顔で八月を迎えました。というのも、毎年のように家族で楽しんでいる音楽フェスから帰ってきたばかりだからです。息子が産まれる前、夫婦になる前から行っていますから、すっかり夏の恒例行事になりました。

小川せせらぐ森の中で、時に雨に降られながら、緩やかに響くメロディやリズムに心と身を任せる数日間は、私にとって欠かせないリフレッシュになっています。

その非日常の世界の中で感じたことや発見したことを試しに書いてみたら、思いのほか、広く読まれる記事になったりと。仕事との不思議な相乗効果もありました。

音楽好きの夫といっしょにならなければ、こういう世界の広がりもなかったはずと思うと、なんだかクスクスと笑えてきます。


小手鞠さんが豪速球で投げ返してくださったお返事を読みながら、つくづく感じました。夫婦って奥深いですね。

私が小手鞠さんご夫妻に初めてお会いした頃は、（今思えば）すでにおふたりのあいだにまろやかな香り立つ熟成の時期でしたので、その境地に至るまでの経緯を初めて伺って驚きつつ、ちょっと安心いたしました。

どんなに素敵な夫婦でも、葛藤の時期はあるのだなと。

特にお互いに大事にしたいものがある夫婦は、ぶつかり合いながらいつのまにか絡み合って、唯一無二の関係になっていくのでしょうね。

最後に書いてくださった、「仕事も夫婦の関係も、長い時の流れの中で、さまざまに変化します」というお言葉は、ずっと大切にしていきたいと思いました
夫婦って、つきあいが長いほど、相手のことをわかった気になってしまいますが、「まだ全然わかっていない」と思うくらいがちょうどよいのかもしれませんね。

ついつい「あなたはいつもそうなんだから！」と苛立ちを感じることもありますが、人は刻一刻と変わりゆくもの。それも、こちらから投げかける言葉ひとつでいくらでも。

お手紙を読みながら、ふと考えを深めたことがひとつ。

これは男女限らぬことですが、「働くこと」は「愛すること」を拡張する力があるのかもしれませんね。

一般的に、女性にとって、「働くこと＝キャリア」と「愛すること＝恋愛や結婚」は、しばし対極に位置するものであったり、両立が難しいと考えられたりする場合が多いような気がします。

でもきっと、本当はそうじゃない。

働くことで少しでも経済的に自立し、社会経験から人との関わり方を学んでいくことは、パートナーに対する期待や束縛から自分自身を解放し、「愛し方」をより自由にしてくれる面があるのかもしれないと思うのです。

もう何年も前のことになりますが、女性の結婚観についての取材をしていた時、「男性が一家の大黒柱として働き、女性が家庭を支えるというモデルが一般的だった時代には、女性にとって結婚は『生きるため』のものだった」と聞き、納得した記憶があります。

それはきっと男性も同じで、料理をはじめとする家事能力を〝家庭内発注〟できる（しかも無償で！）ことは、結婚の大きなメリットだったはずです。昔は今ほど、深夜営業の飲食店やコンビニがなかったのですから。

日本で「共働き家庭世帯」の数が「専業主婦家庭世帯」のそれを上回ったのは約二十年前のこと。

その差は開き続けていますが、私たちの意識はその変化に追いつかず、古い価値観と現実との狭間でキュウキュウと音を立てて軋んでいる気がします。

ああ、またも。小手鞠さんの手紙の熱量に刺激され、つい感想が長くなってしまいました。

冒頭、息子のことに少し触れましたので、パートナー論のついでに、「子どもを産み育てること」と「働くこと」がどんな関わりを持っているかについて、私的な徒然話を続けたいと思います。

正直に告白すると、私はもともと「子ども好き」なタイプではなく、人の輪の中に赤ちゃんがいるシーンでも「可愛い！　抱っこさせてください」とキャアキャア言える女子になりきれず、なんとなく居心地悪く過ごしていたタイプです。

子どもができたのは三十代前半の頃でしたが、すでに会社員を辞めてフリーランスとして活動を始めていたので、「できるだけ早く復帰しなきゃ。仕事に穴をあけないようにがんばらないと」と気を張っていました。

「信頼されるインタビュアーになりたい、人の心をきちんと写し取れる書き手になりたい」という思いは、子どもを産み育てるようになっても変わることはなく、仕事のペースはむしろ密になっていきました。

息子は早くから保育園に預けましたし、お迎えの時間はいつも最後のほうでしたから、淋しい思いはもちろんさせていたと思います。彼が訴えてきた気持ちに対しては子どもだからといってごまかさず、そのまま向き合ってきたつもりです。

「ワーキングマザー」という立場に対して、「子どもを産んで、変わったことはありますか？」という質問を私も何度もしてきました。

でも、実際それが我が身に起きると、自分自身の仕事に対する気持ちには大きな変化を感じられませんでした。

一方で、働き方は劇的に変わりました。

子どもを授かって実感したのがやはり「圧倒的な時間のなさ」でした。

パートナーが育児休暇を取ってくれたというサポート体制があって、産後三ヶ月ほどで仕事に復帰したものの、どうしても寝かしつけなどで夜は早めに就寝しますし、子どものリズムに合わせると朝もあまり時間が取れません（早朝に起きて原稿を書いていると、なぜか決まって子どもも起きてくるという法則があります）。

子どもは可愛いし、子育ての時間は後から巻き戻しができないので、できる限りはいっしょにいてあげたい。すると、働ける時間にどうしても制限が出ます。

産む前は「夕方に終わらなかった仕事は夜にやればいい」と気軽に考えられましたし、週末はまるまる、ウィークリーに処理できなかった仕事を片づけるバッファでした。それがほとんどできなくなりました。

それでも、「どうしてもこれはやり遂げたい」と思える仕事が重なってしまった時はあります。そんな時は保育園に子どもを預ける時間を延長して十九時のお迎えギリギリに間に合うまで仕事をします。その後、夕食をなんとか食べさせて、お風呂、歯磨き、寝かしつけと続くわけですが、「日付が変わる前にあれをしなきゃ」と仕事のことが頭にあるので、つい子どもに対する口調がきつくなってしまったりするのです。

子どもは無力だから受け入れてくれますが、小さいながらも母親の希望を受け入れ、我慢をしてくれていることは痛いほど伝わってきます。本当はもっと甘えて遊びたいだろうし、私にもう少し余裕があれば、もっと栄養価の高い食事を作ってあげられたり、お風呂での体洗いや歯磨きももっと丁寧にしてあげられるはずだろうに……。そんな迷いや葛藤を巡らせる日々の中で、ふと思い至ったのです。

「私の仕事の一つひとつは、自分と家族の命を削って成り立っている」

仕事をネガティブにとらえているわけではありません。ただ、大切な家族に与えられるかもしれなかった時間を少しずつ削るに値するだけのいい仕事をしていきたい、と強く思うようになったのです。

息子が文字をすらすらと読めるようになった時、「あの頃、さみしい思いをさせてしまったけれど、こんな素敵な本を書かせてもらっていたんだよ。ありがとう」と言えるような仕事をしなければならないと。

結果、私は、「真に心から打ち込みたい仕事」しか受けないようになりました。いただけるオファーはなんでも受けて打ち返していた産前の働き方との決定的な違いは、まさにここかもしれません。

非常に身勝手な母親の言い分ですが、私は私に納得のいく仕事だけを選ぶ基準を与えてくれた息子にとても感謝しているのです。

一方で、私が自分自身にちょっと失望というか、「やっぱりあなたもそうだったのね」とため息をつきたくなってしまうことがときどきあることも付け加えさせてください。というのも、ここ数年、〝母親視点〟で世の中を見ていると自覚することがすっかり多くなりました。

子どもを産む前はまったく関心がなかった〝保活（保育園に入園するための熾烈な準備活動のことを、日本ではホカツと呼び、社会問題化しています）〟や教育のテーマなどに、自然と目が向くようになったのです。

みずからの身に起きていることを、身近かつ重要だと感じる。これは取材者としてリアルな実感をもって仕事ができるメリットだと思う半面、そんな自分の視野の狭さが情けなく感じることがあります。

女性は、人生の選択によって見える世界が大きく変わる生き物です。結婚する、しない、子どもを産む、産まない、働く、働かない。人それぞれ、お互いの道が覗けないくらいの背丈の壁をつたいながら歩いていくのが女性の人生なのだろうと思います。

私ができる発信はごく微力なものですが、それでもペンの力の一端を握る以上は、誰かの人生を左右するかもしれない責任を感じながら、書いていかなければいけないという思いがあります。

そんな中、「働く母親」というある限られた属性に偏った視点を持ってしまうのはよくないことではないかと葛藤することがあるのです。

うまく説明できているかわかりませんが、小手鞠さんはどのようにお感じになるでしょう?


あらためて、働く女性にとって、「子どもを持つかどうか、そして育てながら働き続けるかどうか」は、大きな分岐点であり、永遠のテーマかもしれませんね。

このテーマについて、小手鞠さんはどんなふうに考え、感じて、これまでお過ごしになってきましたか?


小手鞠さんにはお子さんはいらっしゃいませんが、児童書の執筆や絵本の翻訳を多数手がけられていらっしゃいますから、「きっと可愛いお子さんがいるんだろうな」と想像している読者もいるのではないかと思います。小手鞠さんの作品世界に表れている子どもたちへの目線には母性に満ちた温かさが感じられますから。

私はというと、前述のとおり「まだまだ自分が経験したことしか自分事として語れないんだなぁ」と未熟さを感じてしまうわけですが、その点、小手鞠さんは出産・子育てのご経験がないのに、とても子どもとの距離が近い世界で執筆をなさっているように思えます。そこにどんな思いがあるのか、よかったら教えていただけませんか。

子どもの気持ちがわかる大人である小手鞠さんに、ぜひ読んでいただきたい手紙があります。母親としての私の葛藤が引き寄せた、七歳の女の子が小手鞠さんに宛てて書いた手紙です。

小手まりるいさんへ

はじめまして
わたしの名前は、はづなといいます。小学校二年生です。
お母さん、お父さんと三人で東京にすんでいます。
小手まりるいさんが書いた本を学校の図書かんでよんで、小手まりるいさんがアメリカのウッドストックという森に住んでいることをしらべて、手紙を書きたいと思いました。

にいがたのおばあちゃんの家の近くにある森が私も大すきだからです。手紙を書こうと思ったりゆうは、さいきん、お母さんとのことでちょっとなやんでいるからです。

わたしのお母さんははたらいています。

毎日電車で会社に行って、レストランのメニューをきめたり、新しいお店をつくる計画を立てたりするおしごとをしています。そのレストランは町の中にいくつもあります。にいがたにはないけれど、わたしの家の近くにもあって、友だちも知っています。「わたしのお母さん、レストランのメニューをきめるしごとをしているんだよ」って言うと、みんなは「へ～、はづちゃんのお母さん、すごいね」って言ってくれます。お母さんは、夜はつかれて帰ってくるけれど、朝会社に行く時のかおはキリッとしてかっこいいです。

でも、近ごろ、お母さんがちょっとくらいんです。

このあいだ、じゅぎょうさんかんがあった日に、お母さんが来れなかったことをなんども「ごめんね」と言ってきます。わたしはその後の日よう日にいっしょにデパートに行けたことがとってもうれしかったから、気にしていません。でも、お母さんはすごくおちこんでいます。前の日まで行けるよていだったのに、きゅうに行けなくなったのがいやだったのかなぁと思います。

「さみしかった？」と聞かれたから「ちょっとね」と言ったら、お母さんは「はぁー」と大きなためいきをつきました。そして、「弟も妹もつくってあげられなくてごめんね」ってまた言いました。

お母さんは、わたしがひとりっ子だからさみしいと思っているみたいで、よくあやまってきます。

そういう時、なんて言ったらいいかわかりません。

わたしが小学校に入ったとき、学どうに、はじめは行きたくなくてないた日に、お母さんもないたからびっくりしました。その時も「お兄ちゃんかお姉ちゃんがいたらさみしくなかったのにね」って言ったり、「お母さんが帰りがおそいからごめんね」って言ったりして、しばらく元気がありませんでした。

お母さんがだれか友だちと電話しているときに「しょういちのかべ」ってなんども言っていました。

小手まりるいさん、わたしをさみしい子どもだと思いますか？

お母さんがなんども「さみしい」というのでなんだか、わたしもさみしいような気もちになってきました。そして、お母さんもさみしい気もちなのかなと気になります。

お父さんがどう思っているかはよくわかりません。

小手まりるいさんはわたしの気もちもお母さんの気もちも知っているかもしれないと思って、聞いてみたくなりました。

わかったらおしえて下さい。

はづなより

よろしければ、小手鞠さんからはづなちゃんへのお返事も預からせていただけませんか？


勢いに任せてさらにもうひとつ。小手鞠さんは「産まない人生」だからこそ得られたと思うことはありますか？

なぜこんなことを伺ってしまうか、理由を少し説明させてください。

日本では「女性活躍推進」と「少子高齢化対策」の流れで、〝ワーキングマザー〟に対してはビュンビュンと追い風が吹いているというのが、ここ五年くらい続くトレンド。その一方で、「産まない選択」をした女性たちの声がかき消されている気がしてならないのです。

働く母親を応援する記事をたくさん書いている私がこのように懸念するのはすごく矛盾しているのですが、本来は、産んでも産まなくても豊かな人生は切り開けるはずですよね。

「産まない人生の豊かさを、ハッキリと誰かに言ってほしい！」という身勝手な希望を、小手鞠さんにぶつけてしまっていいでしょうか。

小手鞠さんの包容力に甘え、今日も不躾に踏み込んでしまいました。

アメリカでは、女性に子どもの有無やそれについての個人的事情を聞くのはご法度だということも知っています。

でも、ずっと聞いてみたかったのです。

どうか、怒らないでくださいね。

望月衿子

望月伶子様

日本の猛暑を思うと、申し訳ないくらい涼しくてさわやかな森の仕事部屋から、こんにちは。

実は今、三冊の本――うち二冊は児童書です――の校正紙をかかえていて、伶子さんへのお返事を書くのは少し先になるなぁと思いながら、いただいたお手紙を引き出しの中にしまおうとしていたのです。

が、その前にもう一度、どうしても読み返したくなって、読み返してみたところ、あぁ！　もうだめ！　どうしても今すぐにお返事を書きたい！　書かなきゃ！　という熱い思いがこみあげてきて、ゲラチェックのスケジュールを急きょ変更し、このお返事を書いています。

働くお母さんとしての伶子さんが日々ぶつかっていること、葛藤していること、考えていること、息子さんへの感謝の気持ちなどが、子どものいない私の心にも静かにひたひた、染み入ってくるようなお手紙――。

――産まない人生の豊かさを、ハッキリと誰かに言ってほしい！

衿子さんの書いたこの一文に、私は奮い立ちました。

怒るなんて、とんでもない。まったく逆です。

子どもを産まなかった私に、子どものいない人生について語るチャンスを与えて下さって、ありがとう。とても嬉しいです。

このテーマについて、いつかなんらかの形でしっかり書いてみたい、語ってみたいって、前々から思っていたの。衿子さんのお手紙によると「産まない選択をした女性たちの声がかき消されている」という今こそ、語り時かもしれないね。

なぜ私は、子どもを産まなかったのか？

この問いかけに対する答えは、今なら、はっきりと返せます。

それは、産むという行為が怖かったから、できれば、避けたかったから。

つまり私は、子どもを持たない選択をしたのではなくて、出産しない選択をした、と言うべきかしら。臆病者と言ってしまえば、それまでのことかもしれないね。

私みたいな女性は特殊なのか、ほかにもけっこういるのか、それについてはわからないけれど、とにかく私にとっては、出産＝恐怖だったの。これはもう、個人的な感覚、個人的な身体感覚、としか言いようのないものだから、これ以上、理由を考えたり分析したりすることに意味はないと思います。ただ、怖いものは怖い、これはもうどうしようもない、って感じ。

私は衿子さんとけっこう似ていて、子どもが好きで好きでたまらない、赤ん坊を目にして「きゃー抱かせて！」と叫ぶタイプではありませんが、でも、もしもたまたま子どもができていたら、育児は一生懸命したと思うし、子どもをちゃんと可愛がることもできただろうなと思うの。だけど、自分が産むのは怖くてできなかった、というのが私です。

しかし、今だから、こんなふうに明快に答えを返せるけれど、二十代から三十代の後半くらいまでにかけては、人から「なぜ産まないの？」「なぜ子どもをつくらないの？」と訊かれても、本当にどう答えたらいいのかわからなくて、いつも戸惑っていました。

三十六歳の時、渡米したわけですが、それまでは日本で暮らしていたので、日本人から、特に日本人女性から、耳に胼胝《たこ》ができるくらい、「いい加減にしてよ！」と突っぱねたくなるくらい、訊かれてました。

なぜ、子どもをつくらないの？　って。

どう答えれば納得してくれるのだろうかと思いながら、仕方なく「子どもがあんまり好きじゃないから」と返すと、「産んでみれば、絶対に好きになるよ。自分の子どもは可愛いよー」と言われるし、あとは「女として、産むという機能が備わっているのに、それを使わなくていいの？」とまで言われてましたね。本当にしつこい問いかけだった。まさに傍若無人な発言とは、あのような言葉を指して言うのでしょう。


子どもを産んで、母親になる＝普通の女性。

子どもを産まない、母親にならない＝女性として欠けたところがある。


というような、間違った社会通念というか、固定概念というか、そのようなものがまだまだ大手をふって闊歩していた時代でした。

今こうして、当時のことをふり返ってみると、「なぜ産まないのか？」と、しつこく、うるさく問いかけられたおかげで、かえって、産まない選択、すなわち、私にとって正しい選択ができたのかもしれないとさえ思えます。

子どもを産まなかったもうひとつの理由は、夫が子どもを欲しがらなかったこと。彼の場合は、人から訊かれると、はっきり「子どもは好きじゃないから」と断言していました。

「きみと同じで、いればいたで、可愛がれないことはないけれど、積極的に可愛がりたいとは思えない」

さらに、

「僕は、非常に仲の悪い夫婦のあいだで育った子どもだからね。両親には一刻も早く離婚して欲しいと願いながら、十八歳までを過ごした。だからいまだに、夫婦がいて子どもがいる、という家族の形に、微塵も夢を抱くことができない。幼い頃、僕という子どものせいで、両親はいつも喧嘩ばかりしているのだと思っていた。だから、大きくなったら、結婚しても子どもはつくらず、ふたりだけで一生、仲よく、恋人同士のように暮らしていきたいと思うようになった」

とのことでした。

まあ、こんなわけで、夫は子どもが欲しくない、私は産むのが怖い、という夫婦のあいだに、子どもはできなかったし、つくらなくてよかったのだと、私は思っています。

ここからは、渡米後の話です。

アメリカに移住してから書いた小説で新人賞をいただき、小説家としてスタートを切った私は、受賞後第一作のテーマとして「不妊」を選びました。

今にして思えば、いったいなぜ「不妊」だったのか？

本当に不思議です。

これは、自覚的に選んだテーマではなくて、ある日、空からひょっこり降ってきたようなテーマだったの。あるいは、たまたま道に落ちていたコインを拾った、というような。だって、私自身は子どもが欲しくなくて、産むつもりも全然ないのに、「子どもが欲しくて欲しくてたまらないのに、どうしてもできない女性たち」の話を書こうとしたわけですから。

不妊治療について徹底的に調べ上げ、複数の経験者の話を聞いて「卵を忘れたカナリヤ」という短編小説を書き上げました。そのあとも、人工授精、体外受精、代理母などに興味を抱いて『玉手箱』という作品集を上梓しました。

そして、これもただただ不思議としか言いようのないことなのですが、不妊をテーマにした一連の作品群を書き上げてみて初めて、「ああ、私は産まない選択をしてよかったのだ」と、心の底から、自分の人生を、全面的に肯定できるようになっていたの。

おそらく「産む・産まない・産めない」について書くことによって、私は自分自身を、自分の「性と生」を、より深く、より明確に理解することができたんだと思います。つまり、私にとって「書くこと」こそが「産むこと」であり「育てること」でもあるのだ、と。誤解を恐れず言い切ってしまえば、私にとっては、作品＝自分の子どもなんだということ。

衿子さんもよくご存じのように、十年ほど前から、私は積極的に児童書を書くようになりました。

それまでは「子どものいない私には、児童書は書けない」「子どももいないんだから、書く資格がない」というふうに、うしろ向きに、否定的に考えてばかりいたのですが、『くろくまレストランのひみつ』という童話の本を上梓した頃だったかな、「なんだ、子ども向けと大人向けって、結局はおんなじなんだ」って気がついたのね。どちらも、私という同じひとつの「根」から発生しているんだなって。児童書も一般文芸書も区別なく、私らしく、私の好きなように書けばいいんだなって。それからは児童書を書くのが楽しくて仕方がなくなって、現在に至っています。

子どものいない私は、いつまで経っても親にはなれないわけなので、子どもという存在を、親の目線では見ていないし、見られない。言いかえると、子どもがいないから、いつまでも自分自身が子どもでいられる。どこかで、子どもの気持ちを持ち続けている。

自分の子どもがいないから、誰の子どもも平等に可愛い。だからこそ、児童書が書ける。これもまた、子どものいない人生の醍醐味のひとつでしょうか。


子どものいない、働く女性の大変さについて、少しだけ。

子どものいない女性には、子どものいる女性よりも、確かに時間はたっぷりあります。私はその「たっぷり」をすべて、小説を書くことに使いました。毎日、毎日、好きな仕事だけをしていればよかったし、今もそうしています。

一見、とても恵まれたことのように、贅沢なことのように、思えるかもしれない。でも、実際に経験してみると、自分のための時間がたっぷり、あり過ぎるほどあるということは、恐ろしいというか、すごく厳しいことでもあるのです。

なんて言えばいいのかな、子どものいない女性には「時間が足りない」「子どもがいるから」って言い訳が、いっさいできないでしょう？　保育園の送り迎えもしなくていい。ご飯を食べさせたり、お風呂に入れたりしなくてもいい。熱を出す子どもはいない。時間だけはたっぷりある。

だから、仕事がうまくいかなくても、思ったように原稿が書けなくても、どんな言い訳もできない。ただひたすら、延々と続く自分との戦いがあるだけなのです。

できないことを、誰のせいにもできない。すべては自分のせい。これってけっこう苦しいことでもあるんです。落ち込んでいる時、人間関係で悩んでいる時、「ママーおなかすいたよー」って泣いて、自分を求めてくれる存在が「いない」んだってこと。けっこう大変ですよ、これって。

衿子さん、これでちょっとは気が楽になった？　それとも、大いに？

いえいえ、気だけじゃなくて、今の衿子さんが置かれている状況は実際、とっても幸せな、かけがえのない状況でもあるの。あなたには、そういう素晴らしい存在が「いてくれる」のですから。

正直なところ、産まない選択をしたあとだって、仕事がうまくいかない時に限って「あ、子どもでもいれば」と何度、思ったことか。

恐ろしいと書いた理由は、ここにもあります。もしも私が、仕事がうまくいかないことからの逃げ道として、子どもをつくっていたら……と思うと、空恐ろしくなるわけです。きっと私は「小説がうまく書けないのは、この子のせい」って、自分の非を子どもに押しつけていたような気がする。

子どものいる衿子さんの人生は、素晴らしい。

そして私は「子どものいない人生もまた、とても素晴らしい。私はとても幸せです」

と、胸を張って、言いたいと思います。

「いない」ことは決して欠落ではないし、「いる」ことだけで人生が豊かになるとも限らない。

私の友人が「子どもができてから、平和や環境問題について真剣に考えるようになった」って言ってたことがあって、その時、私は彼女にこう言ったの。「あのね、平和や環境問題は、子どもがいてもいなくても、真剣に考えなきゃならないことでしょ」って。子どもがいるから、子どもの目線で社会を見られる、っていうのは、ちょっとおかしいと思う。子どもがいてもいなくても、子どもの目線で社会を見られる大人でありたいと、私は思うの。

自分の子どもをつくらなかったからこそ、私は、世界中の子どもたち——オーバーに聞こえるかもしれないけれど、あえてこう書かせて下さい——と、いつまでも子ども同士、仲よしの友だちでいられるんじゃないかなと思っています。そして、大好きな子どもたちのために、子どもたちに喜んでもらえるようなお話をいっぱい書きたいなって思えるの。

あと、これは、とんでもないのろけになりますが、子どもがいないから、夫とはいつまでも恋人同士でいられる！

ね、子どものいない人生も、けっこういいものでしょう？
衿子さんの名言を借りるなら――働くことには、愛することを拡張する力がある。これは名言中の名言！――子どもがいないこともまた、仕事を拡張させ、愛を拡張させてくれる。

くり返しになりますが、子どものいる人生、いない人生、まったく同じくらい素晴らしいのだと、私はそう信じています。ただし、それぞれの選択をした女性たちが、悔いなく、それぞれの人生を生き切ることによってのみ、素晴らしくなる、ということ。

言いかえると、子どもを産まなかった私の人生をよりよい人生にできるのは、産まない選択をした私だけ。だから私はいつも、子どものいる人の愚痴も、いない人の愚痴も「自分で選んだんでしょ？」と、ばっさり斬って捨てています。

まだまだ書き切れていないことがたくさんあるけれど、これは到底、ひと晩では語り尽くせないテーマですね。あと十年後くらいにもう一度、衿子さんとこのテーマで語り合ってみたいです。

今月はちょっと長くなってしまったけれど、最後に、可愛いはづなちゃんへのお返事を書いて、しめくくります。ワーキングマザーの衿子さんと、このテーマを共有できている喜びに浸りつつ。

＊＊＊

はづなちゃんへ

かわいらしいお手紙、ありがとう。とってもうれしかったです。びんせんとふうとうには、ひまわりのもようがついていましたね。わたしはひまわりが大すきなのです。

いつもお日さまの方を向いて咲いている、明るい笑顔。

たくましい茎や、いかにも頼りになりそうな葉っぱ。

ひまわりを見ていると、わたしの心のなかにも入道雲がもくもくわいてきて、元気いっぱいな気もちになります。

はづなちゃんも、ひまわりが好きですか？

さて、いただいたお手紙を読んで、びっくりしました。

はづなちゃんのお母さんと、わたしの母が、よく似ていたからです。

「夜は疲れて帰ってくるけれど、朝会社に行く時の顔はキリッとしてかっこいい」という、はづなちゃんのお母さん。

わたしの母も、おんなじでした。

わたしが小学生だったころ、わたしの母は、父と同じ会社で働いていたのですが、少しだけ遅れることはあっても、授業参観にはたいてい、会社の仕事をとちゅうで切り上げて、来てくれました。ぱっとうしろをふりかえった時、わたしの目には「うちのお母さんがいちばんかっこいい！」ように、見えていました。

今から五十年いじょうも前のことですが、そのころは「働くお母さん」というのは、めずらしい存在だったのです。


もうひとつ、はづなちゃんのお母さんとわたしの母の似ているところ。

わたしには六つ下の弟がいたので、「ごめんね」の理由は、はづなちゃんとはちょっと違いますが、わたしの母も「さみしくさせてしまって、ごめんね」と、いつもわたしにあやまっていました。

おさないころ、わたしは、おじいちゃんとおばあちゃんの家にあずけられ、三つか四つになった時からは、保育園に通っていました。おじいちゃんとおばあちゃんの家で、父か母が迎えに来てくれるのを待ちながら、わたしはたくさんの本を読んですごしました。それですっかり、本が好きな子どもになり、今では本を書く仕事をしています。

だから、両親にも祖父母にも、感謝の気もちでいっぱいなのです。

そして、小学生になったばかりのころ、弟が生まれたのですが、弟が保育園に通うようになると、わたしは小学校の帰りに弟を保育園まで迎えに行って、ふたりで家に帰ってきて、ふたりでおやつを食べたり、あそんだり、勉強をしたりしていました。

ふたりだから、ちっともさみしくなかったのですが、母は「わたしのせいで、ふたりにさみしい思いをさせてしまって、ごめんね」と、やっぱりあやまってばかりいたの。

わたしが中学生になった時、母はとうとう、仕事をやめてしまいました。

「これで、ふたりにさみしい思いをさせなくてもすむわね」

と、母は言っていましたが、わたしは心のなかで「お母さんかわいそう」って思っていました。なぜなら、わたしの母は、はづなちゃんのお母さんと同じで、仕事が大すきで、仕事に出かける時には、きらきら、かがやいていたからです。

仕事をやめて、一日中、家にいるようになった母は、パンやケーキを焼いてくれたり、セーターをあんでくれたり、わたしと弟のために、それまでできなかったことをいろいろ、してくれました。

だから、うれしかったはずなのに、じつはわたしはあんまりうれしくなかったの。

理由は、大すきな仕事をやめてしまった母が、とてもさみしそうに見えたからです。

こんなことなら、母が「会社をやめようと思っているの」と言った時、「やめないで。ぜったいにやめないで。わたしたち、ちっともさみしくないよ」って、もっともっと強く、言ってあげればよかった、と、わたしはひどく後悔しました。

大人になってからも、長いあいだ、そのように思いつづけてきたの。お母さん、わたしたちのために、大すきな仕事をやめさせてしまって、ごめんねって。


働くお母さんにとって、家族はとても大切なものです。でも、それと同じくらい、仕事も大切なものなのです。今、好きな仕事をして暮らしているわたしには、そのことがよくわかります。

だからね、はづなちゃん、こんど、お母さんから「ごめんね」って言われたら、はづなちゃんからお母さんに、こんなふうに言ってあげて。

「お母さん、だいじょうぶだよ。わたし、そんなにさみしくないよ。ひとりっ子でもさみしくないし、お母さんの帰りが遅くても、だいじょうぶ。日曜日に、いっしょにお出かけできるのが楽しみだし、うれしいし、かっこいい仕事をしているお母さんが大すき。だからあんしんして、働いてね。わたしもお母さんみたいな女の人になりたいよ」

でも、はづなちゃんがもしも、心のそこから、泣きたいくらいに「さみしい」と感じるようなことがあったら、その時にはその気もちを、お父さんやお母さんに、すなおにお話ししてみて。無理して、さみしさをがまんしたりしないで。

さみしいという気もちは、決して悪い気もちではないのです。愛情があるからこそ、さみしく感じるの。人は、好きな人に対してだけ、さみしい気もちを感じます。だから、はづなちゃんがさみしいのも、お母さんがさみしいのも、それは自然な愛情の表れなの。さみしい気もち、イコール、大すきってことなの。

でも、はづなちゃんは「さみしい＝こどくな」子どもではありません。

はづなちゃんにはお友だちもいるし、仕事でかがやいている、尊敬できる、大すきなお母さんがいます。お父さんもきっと、そんなお母さんのことが大すきなんだと思います。

もしも、お母さんが仕事をやめてしまったら、お母さんの方が「さみしい大人」になってしまうかもしれないよ。わたしの母みたいに。

はづなちゃんとお母さんが「わくわくするね」「どきどきするね」「きょう会社でどんなお仕事をしたの？」「きょう学校でどんな勉強をしたの？」「新しいメニューはどんなの？」って、おしゃべりしているところを思いうかべながら、このお返事を書きました。

ときどきは、お父さんも仲間に入れてあげてね。

たとえば、今から三十年後のある日、はづなちゃんが町の図書館のかたすみで、この本のこの「お返事」を読んでくれているすがたを想像すると、わくわくします。

その時、はづなちゃんはどんな大人になっていて、どんな仕事をしているのでしょう。

きっと、お母さんにも負けない、すてきなワーキングマザーになっているんじゃないかな。

未来のはづなちゃんに、ページのなかで会える日をゆめみて。

小手鞠るい

秋の章

四十代から六十代まで
～経験を手に入れる時代

九月の往復書簡

フリーランスと会社勤め

小手鞠るい様

新刊のお仕事、無事に進められましたか。前回の手紙をお送りした後、あまりにストレート過ぎる問いかけをしてしまったな……と少しドキドキしておりましたが、杞憂に終わり、ホッとしました。

三冊分のゲラを横に置いてまで、大リーガーのホームランのように爽快に打ち返してくださったボールを、しかと受け止めました。そのボールが芯から放つ熱は、じゅーっと私の胸に染みました。

「産まない人生」の素晴らしさについて、明快に教えてくださってありがとうございました。人生の成熟期を迎えていらっしゃる（気分はまだまだ青春期かもしれませんが！）

小手鞠さんの「子どものいない人生もまた、とても素晴らしい。私はとても幸せです」という言葉は説得力がありますね。

そして、その確信に至ったのが、ご自身の作品執筆を通じて、「産む・産まない・産めない」について深く深く向き合う時間が欠かせなかったとのこと。まさにその作品を生み出す作業そのものが、小手鞠さんにとっての〝産む〟行為だったのでしょうね。

そこから先、「自分自身を心から肯定することができ」、永遠の子どもとして児童書のつくり手になるという選択肢も広げられた。しかも、最愛のパートナー、グレンさんといつまでも恋人同士でいられるという特典まで（「おのろけ」なんておっしゃらなくても、とっくに知っていましたよ！）。

まさに、子どもを持たない生き方が、女性の仕事や愛を〝拡張〟するのだと、心から納得しました。そして、それはきっと「産む人生」も同じように言えますね。

子どもを持つ立場だからこそ見えてくること、芽生える目標、やりがい。臆せずどんどん活かしていこうと思います。産んだ女性も産まなかった女性も、それぞれの足元から伸ばしていけるだけ、好きなように伸び伸びと自分を拡張していけばいいのですね。

すると、世界は素敵な模様で彩られる。なんだかワクワクしてきました。

どんな選択をしたとしても、自分を幸せにできるのは自分だけなのだという小手鞠さんの考えにも、深く共感できました。

今、この場所に自分を連れてきたのは、ほかの誰でもない、自分自身なのですよね。人生は一歩一歩進んでいくものだけれど、その足先の方向性は自分で決めているのだと。忘れてはいけないことをまたひとつ、思い出させていただきました。


今回のお返事の中で、私にとっていちばん意外でもあり、なんだか妙に納得したのは、小手鞠さんが自己分析された産まなかった理由です。

「産むのが怖かったから」という理由。このご回答、「よくぞ言ってくれた！」という女性、結構いらっしゃるのではないでしょうか。

ほぼ二日に渡る長い分娩を経験した私も身をもって理解できたのですが、出産とは生死に深く関わる大仕事。あみだくじのように軽い気持ちで選択できるものではないと思います。

以前、日本の政治家が女性のことを「産む機械」と表現して猛批判を浴びたことがありましたが、与えられた機能を使うか使わないかは、人それぞれの自由であるべきですよね。

私はありがたいことに五体満足で生まれましたが、その機能をフルに使ってアスリートになろうとは思いませんでしたし、そのことを誰かに責められたことはありません。アスリートとして活躍できた時の喜び、あるいはその達成に関わる苦しみを享受するかどうかは、自分自身でしか決められないもの。体に備わった子宮を出産のために使うかどうかも、同じことではないかと思います。

もっと言えば、「機能として何を与えられたか」は重要ではないのではないか。小手鞠さんの手紙を読んで考えていると、そんなふうにも思えてきました。

与えられなかったことを数えればきりがなく、私にもたくさんコンプレックスがあります。身内の話になりますが、三歳下の弟は、小学生の頃に突然、後天性の内臓の病気が見つかり、毎日治療しながら学校生活を送るようになりました。本人はつらかったと思いますし、気持ちが荒れていた時期もありました。

成人した今、彼はとても心優しい大人に育っています。働ける時間や環境に制限はありますが、身につけられる技能を習得して自宅でできる仕事をこつこつとやっています。以前から中国語に興味があったようですが、気づけばとてもかなわないほど堪能になっていたので驚きました。人から頼ってもらえることもあるようで、ときどき誇らしく話してくれます。デジタル関係に疎い私のために「こういうツールがあるよ」と教えてくれます。

少し話が広がり過ぎてしまいましたが、たとえば「障がい」に対する捉え方についても、人生を拡張させる源になることもあるのではないでしょうか。小手鞠さんは障がいをテーマにした作品を積極的に出されていますね。

障がいをテーマに書くきっかけとなった出来事について、いつかまたあらためてじっくり伺ってみたいなと思いました。


テーマといえば。

私が最近、ちょっとモヤモヤしていることがあります。また、ぶつけてしまってもよろしいですか？　きっと「いいわよ！」と両手を広げてくださっていると前向きに想像し、打ち明けてしまいます。

そのモヤモヤとは、「フリーランスならではの自由と葛藤」、そして、「目標を定められない不安」についてです。

以前も書きましたが、私はインタビューをして記事を書いたり本の形にまとめたりするという今の仕事をとても気に入っています。

日々、新たな出会いをいただきながら、「すごい人がいるなぁ！」「今日聞いた話を早く誰かに伝えたい！」と感動した気持ちをそのまま世の中に伝えるという役割。「もっと知られるべき存在」を多くの人に伝えられる仕事ができたり、第一線で活躍している人と読者をつなげられるような仕事ができた時は、とてもやりがいを感じます。アート、ビジネス、スポーツなど分野を問わず、華々しく活躍している方には、現在につながる原点や転機が必ずあって、それは本当に小さなできごとやきっかけだったりします（小手鞠さんも、これまでたくさんお話ししてくださいましたね）。そんな〝誰にでも起こり得た体験〟を引き出して、読んだ人に共感してもらえた時。そして、一歩を踏み出すきっかけになったと聞いた時。この仕事をやっていてよかった！と心から思える瞬間です。

そして、そういったエピソードは第三者に聞かれることで初めて言葉にされることが多々あると思うのです。質問の仕方や、初めてお会いするまでの準備にも大きく左右されます。インタビューという仕事の奥深さに私が魅了され続ける理由です。

私が会社員を辞め、フリーランスという立場を選んでよかったと思うのは、ひとつの組織の所属元にとらわれることなく、「この人に会いたい」「今度はこういう話を聞いてみたい」というアイディアを行動化できる自由があるからです。

一方で、「自由であること」は「誰もこうしなさいと言ってくれないこと」とイコールです。日々の行動レベルの指示もなければ、中長期のキャリアを見据えて「君はこういう経験をしたほうがいいから」とチャレンジを命じられることもありません。

自分で自分の行き先を決めていかなければいけない。

これって、実はすごく難しいことなのだと、四十歳を迎えた今、遅ればせながら感じているわけです。


もし私が会社員という立場を続けていれば、何も考えなくても新たな仕事を与えられたり、異動で環境が変わったり、成長のステップは自動的に用意されたのではないかと思います。それで理不尽な思いをすることもあるかもしれませんが、ある意味、身を委ねる気楽さがあるのではないでしょうか。

でも、フリーランスの場合は、よくも悪くも自分次第。五年後、十年後の自分の仕事を決めるのは、今、目の前にある選択の積み重ねなのですよね。

同業者の中には、独立した当初から「私はこの分野の専門としてやっていきます」と明確に宣言し、わかりやすい肩書きを称している方もいます。かっこいいなと思います。

私はそういうふうにはなれずに、ただチャンスをいただけるままに、自分が面白いと思える仕事を夢中にやってきただけです。「〇〇が専門です」と言い切って、道を狭めるのが怖いという気持ちもあり、三十代のうちは「よほど苦手な分野以外は、声がかかればチャレンジしよう」というスタンスでやってきました。「専門はなんですか？」と聞かれても、あえて限定した説明をしないようにしてきました。まだ見ぬ世界に興味が持てるのではないか？　と欲張りなんですね。その結果、女性のキャリア、生き方、働き方を中心にしつつも、組織論や生活実用まで幅広くやってきました。

意識的に自分を縛らない働き方を満喫していた私ですが、四十代に突入した今、はたと「そろそろ自分の方向性をハッキリさせたほうがいいのか？」なんて、不思議な焦りにとらわれているのだから自分でも驚きます。

小手鞠さんの作品には、「男女の時空を超えた愛」「社会的弱者との共生」「ジェンダー」「平和」といった複数の作品を貫くテーマが明確にあると私は思っているのですが、ご自身が作品を通じて何を書いていくか、人生のどの時点で選択されてきたのでしょうか？

その決め手はなんだったのでしょうか？
作家としてご自身のキャリアをデザインする上で、小手鞠さんが大切にしてきたことがあれば教えてください。

涼やかな秋が待ち遠しくてたまらない、残暑続く東京より。

望月衿子

望月衿子様

毎年恒例の秋の日本帰国を前にして、そろそろ荷づくりを始めようと思い、クローゼットの奥から旅行鞄を取り出してきた矢先に、お手紙をいただきました。

例によって、荷づくりはあとまわし。

さあ、衿子さんの「ちょっとモヤモヤ」にお返事をしなくっちゃ！

「そろそろ自分の方向性をハッキリさせたほうがいいのか？」について。

今回はずばり、結論から先に書いてみましょう。

はっきりさせなくて、いいと思います。

そうなんです、衿子さん。不思議な焦りにとらわれたりする必要は、まったくありません。今は、光の乱反射みたいに、いろんな方向へ飛んでいって、いろんな人に会って、いろんなものを見たり聞いたり、いろんなことを感じたりしていればいい。興味を抱いているテーマ、会って話を聞きたいと思っている人へのインタビュー、こんなページをつくりたいと思いついた企画。あれもこれも、と、貪欲にやってみて下さい。

玲子さんは四十代。でも、私から見れば「まだ」四十代なのです。初々しいまでの若さです。方向をひとつに定めるのは、もっとずっとあとでいいと思うし、無理に定める必要はないのかもしれない。いえ、逆もまた真なりで、すでに玲子さんの方向は定まっている、と言えるのかもしれません。過去の私がそうだったように。


過去の私＝もぐらの話をしましょう。

覚えていますか？　四十代の私は、もぐら叩きのもぐらだったという話。この往復書簡エッセイを始めた三月、玲子さんの四十歳のお誕生日にしたためたお手紙に、予告編だけを書きましたね。

小説家としての私のキャリアは、決して、順風満帆ではありませんでした。

アメリカに移住した一九九二年、アメリカで書いた小説「おとぎ話」で、翌年に文芸誌の新人賞をいただき、小説家として歩き始めた私ですが、実はそれから十二年あまりの長きにわたって、まったく芽が出なかったのです。

原稿はことごとく没になり、かろうじて出すことのできた作品集『玉手箱』——産めない女性をテーマにした一冊——はまったく売れず、当然のことながら、仕事の依頼などどこからも来たらず。「小説家として歩き始めた」と先に書きましたが、それは間違いで、正確に書くと「新人賞を取ったのに小説家になれない人のままだった」のです。苦節十年、という言葉がありますが、私の場合には、苦節十二年。あるいは、石の上にも十二年でしょうか。

とにかく、二〇〇四年に『欲しいのは、あなただけ』が出るまで、ありとあらゆる辛酸を舐めてきました。

書いても書いても「こんなの、全然だめです」「弊社では出版できません」「箸にも棒にもかかりません」と叩かれ続け、叩いてこない人からは完全無視を決め込まれていました。小説家になるという夢は、やはり夢に過ぎなかったのだと自暴自棄になり、何度、この目標を捨て、夢をあきらめようと思ったことか。

そんなわけで、二〇〇五年の『エンキョリレンアイ』のヒット以降、あとからあとから舞い込んでくる原稿依頼に対して、もぐらには「ノー」という選択肢はなかったのです。十二年間、待ち焦がれてきた仕事依頼を断るなんて、そんなもったいないことができますか！　というような心境ですね。長編、短編、エッセイ、雑誌連載、書き下ろし。とにかく節操なく、なんでもかんでも引き受けていました。まるで便利屋さんみたいにね。

やなせたかし先生の主催する雑誌「詩とメルヘン」への詩の投稿から出発して、純文学の文芸誌で新人賞受賞、初めてのヒット作は、携帯小説のコーナーに置かれることもあった、清純でピュアな恋愛小説『エンキョリレンアイ』。だけど、その前の『欲しいのは、あなただけ』は『エンキョリレンアイ』とは対照的な、激しくも悲しい恋の物語。不倫小説も書けば官能小説も書くし、猫エッセイも書けば森の生活のエッセイも書くし、ミステリータッチの作品も書くし、ユーモア小説も書くし、児童書も書く、絵本の原作も書く。最近では、『アップルソング』をきっかけにして、戦争と平和や人種差別などに関心がわいてきて、歴史小説にも果敢にチャレンジしています。

ね、方向性なんて、まったく定まっていないでしょう?

今も、方向性など意識しないで、書けるものならなんでも書く、というモットーを貫いてやっています。

たとえば「ただ弾くことが好き」というピアニストがいて、「ただ歌うことが好き」という歌手がいて、「ただ踊ることが好き」というダンサーがいるとすれば、同じように私も「ただ書くことが好き」なんだと思います。だから、何を書いていても楽しいの。時代小説を書けと言われても、ホラー小説を書けと言われても、私は喜んで書くと思う。つまり私にとって、方向性は最初から定まっていた。その方向性とは、書くことが好きだから、書く。

言ってしまえば、働くことが好きだから、働く。

だから衿子さんも、今は方向性のことなんて、まったく気にしなくていい。自分が面白いと思える仕事を、夢中でどんどん続けていってね。私の推察では「人が好き」「人に会って話を聞くのが大好き」——今も昔もはっきり定まっている、これが衿子さんの方向性なんじゃないかな。


ここで少し話が脇道に逸れますが、衿子さんが投げかけて下さった質問「障がいをテーマに書くきっかけとなった出来事」について、書いてみたいと思います。なぜ私が「社会的弱者との共生」というテーマで作品を書くようになったのか。

実はね、先月お話しした「産まない選択」と同じで、とっても不思議なできごとがあったの。小説のマジック、と、私は名づけているんだけど。

五十代になったばかりの頃、先にも書いた「あとからあとから舞い込んでくる原稿依頼」のひとつに応えて書いた恋愛小説に、私は、ダウン症のある女の子を登場させていたの。小説の中で、主人公が好きになる男性の娘として。

長い話を短くまとめますが、私の母は中年になってから視力を失い、今は目が見えません。ハンディキャップというのはそもそも私にとって特別なことではなく、常に身近にある存在なのです。だから、小説の登場人物として、ハンディキャップのある人が出てくるのも特別なことじゃなかった。むしろ、この世には、健常者だけが出てくる小説が多過ぎるのではないかとさえ思っていました。衿子さんもきっと共感して下さるはず。弟さんのお話を聞かせていただいた私は、そう確信しています。

何年かをかけて書き上げた作品『泣くほどの恋じゃない』を編集者に送ったところ、すぐさま「驚きました！！！」というメールが届きました。

「なぜ小手鞠さんに、うちの事情がわかったのですか？」と。

なんと彼女は、ダウン症のある息子さんを育てていたの。私もすごくびっくりしました。だってそんなこと、まったく知らなかったんですもの。

小説を書いていると、こういうことがよく起こります。小説には、予知能力みたいなものがあるのかしら？

それ以来ずっと、ワーキングマザーの彼女と組んで「社会的弱者」をテーマにした作品を書き続けています。これからも地道に、このテーマを彼女といっしょに、追求していきたいと思っています。

どんな仕事にも欠かせない存在、それは、信頼し合えるパートナーではないかと私は思っています。小説家というと、ひとりで孤独に仕事をしているみたいに思われているかもしれないけれど、編集者という片腕があってこそ、成り立つ職業です。そういうことからすると、フリーランスと会社勤めには、なんら違いはない、とも言えますね。

まあ、そんなこんなで、苦節十二年の四十代を経て、その後の五十代という十年間を、私はひたすら前を向いて突っ走り続けてきました。

私にとっての五十代は、まさに人生の黄金期でした。猛烈に忙しいのですが、その忙しさが楽しくて嬉しくて仕方がなかった。仕事の忙しさに圧倒されたのか、更年期障害も尻尾を巻いて退散するほど。つまり、更年期障害は、私にはやってこなかったのです。

ふり返ってみれば、私の仕事人生とは、衿子さんの言葉を借りると「この仕事をやってきてよかった！　と心から思える瞬間」の積み重ねであり、「自分が面白いと思える仕事を夢中にやってきただけ」――これです！　これに尽きます。

面白いと思える仕事。好きな仕事。楽しい仕事。

面白くて、大好きで、楽しかったら、当然のことながら、長続きしますよね。

長く続けていく、ということはとても大切なことだと、今の私は思っています。長く続けていかなければ、見えてこないこともたくさんあります。

私がキャリアをデザインしていく上で大切にしていることは、簡単に、性急に、結論を出さないこと。夫婦の関係も同じですね。仕事の方向性も同じ。長い時間をかけて出した結論は、長い時間をかけて成し遂げたことは、容易には崩れません。

長く続けていくこと。

一生、働き続けていくこと。

仕事とは、一生を通して追求していく、人生を懸ける価値のあるものだと思います。

キーワードは、しぶとさと遅咲き。

好きなことなら、絶対にあきらめないで、しぶとくそれを続けていくこと。叩かれても叩かれても、没にされても没にされても、しぶとく書き続けていた、どこかのもぐらさんみたいにね。

六月のお手紙に衿子さんも書いていたように、時間を味方につけて。

そして、できるだけ遅咲きを目指すこと。しぶとく石にかじりついていれば、十二年後には石から花が咲くことだってあります。

早い段階で、まだ未熟で若い頃に、仮に成功したとしても、その成功にはどこか脆い部分があるのではないでしょうか。見た目はともかくとして、早生《わせ》の果実は美味しくありません。若さゆえに、成功に呑まれてしまい、溺れてしまうことだってあるでしょう。

いろんな経験を積んで、苦労に苦労を重ねたあとに手にした成功だからこそ、成功のありがたみも実感できる。それは決して、自分ひとりの手で成し遂げられたものではない、ということもわかっている。そういう成功こそが本物の成功と言えるのではないでしょうか。

あるアメリカ人作家が、インタビューに答えてこんなことを言っていました。

「成功も名声も、運に左右される側面が大きい。運や幻に惑わされるな。大切なのは一生、こつこつと何かをやり続け、自分の日常と人生を愛し続けることだ」

今の私は、もしも生きられるのならば、九十歳くらいになってからもう一度「究極の恋愛小説」を書きたいな、と、ひそかな目標を立てています。七十歳の時『愛人 ラマン』を書いたマルグリット・デュラスみたいに。

今、衿子さんに、ちょっと、くすっと笑われたかしら？

名残り惜しいような気持ちで、この手紙を終えます。荷づくりに戻ります。手紙の中ではなくて日本で、衿子さんに会える日を楽しみにして。

小手鞠るい

十月の往復書簡

生活の場所、仕事の場所

小手鞠るい様

風の中の火照りがすっきりと冷め、東京が秋模様に色づく季節になりました。

私が住んでいる三鷹の森から吉祥寺駅までのバス通りは、これから落ち葉が降り積もってふかふかの絨毯が敷かれたように様変わりしていきます。

夏は一様に緑の輝きを放っていた木々が落とす葉は、辛子色、柿色、プラム色……と個性豊かな色を楽しませてくれます。

熟してからようやく見えてくる、鮮やかな色。枯れたり、虫に食われたりしてできた傷も唯一無二のおしゃれ模様。

「私たちが迎える人生の秋にも、そんな楽しみがあるのよ」

見上げる秋空の向こうから、そんな小手鞠さんの声が聞こえてきそうです。

日本の労働環境では、「若いほど歓迎される」ということがよくあります。特に女性の場合はそうかもしれません。転職エージェントの取材をすると、「三十五歳限界説」というキーワードは頻繁に聞かれました。今はほんの少し事情も変わってきているようですが、欧米と比べて加齢をネガティブにとらえる傾向は依然あります。だから、「五十代で人生の黄金期を迎えた」という小手鞠さんの証言は、私だけでなく多くの日本の女性を勇気づけると思います。

小手鞠さん、どうか実現してくださいね。

九十歳で恋愛小説を書くという計画を！

六十代を迎えた現在の小手鞠さんを〝二十歳〟に置き換えると、九十歳を迎える三十年後は〝五十歳〟になるということ。

まさに「第二の黄金期」を迎える小手鞠さんの真骨頂を読んで、しびれるほど打ちのめされる将来を楽しみにしています。

先へ先へと楽しみをつくれる。遅咲きの人生、素敵ですね。

そして、「方向性は何も決めなくていい」とおっしゃってくださったこと、どれだけ今の私を楽にしていただいたかわかりません。

ひとつに絞れない私はダメなのではないか。中途半端じゃないか。覚悟が足りないんじゃないか。そんなモヤモヤが一気に晴れたようです。

人に会って、書くのが好き。「好き」という気持ちだけでいいのですね。

小手鞠さんと出会って十年、いつお会いしても小手鞠さんの印象がぶれないのは、「書くのが好き。私はその気持ちを絶対に守り、大切にしている」という確固たる芯があるからなのだと、あらためて感じました。

そして、その芯を硬く凝縮させていったのは、苦節の時代に辛酸を舐めながらも一心に書き続けた経験という、誰にも奪えない事実なのでしょう。

「これしかできない」は〝弱み〟ではなくて〝強み〟になる——。

いつかインタビューで教えてくださった言葉を、もう一度噛みしめています。

結局、自分があれこれ考えたところで、何を仕事にできるかは半分は他人が決めることなのかもしれませんね。オファーがなければ、仕事は成り立ちませんから。

つまり、自分の気持ちが向くままにとにかくやれるだけやってみる。それが仕事として長続きするかどうかは、最終的には周りが決めてくれる。

それくらいの気軽さで臨んでもいいのかな、なんて思いました。

普段何も選び取っていないようで、実は無意識に選び取っていることも多いのかもしれないとも。

そういえば、最近、信頼が置ける人といっしょに、心から「楽しい！」と思える仕事ができる頻度が増えてきた気がします。だんだん無理に自分を合わせなくてよくなってきたというか。

二十代の頃、会社の先輩から「四十代から、肩に力を入れなくてよくなるよ」と言われても全然イメージできなかったのですが、もしかしたら自分の興味や適性と仕事がなんとなく重なり始める時期なのでしょうか。

でもきっと、誰もがそうではないでしょうし、その時期を迎えるにはがむしゃらにぶつかり転がる時期が必要なのかもしれませんね。

私も貪欲に、まだまだ転がり続けようと思います。


さて、今日はまたひとつ、小手鞠さんに聞いてみたいことがあります。

「故郷、あるいは親とのつきあい方」についてです。

私は大学進学から九州の親元を離れ、こちらで暮らした年数の方がすでに長くなりました。帰省は年二回。普段はメールや電話のやりとりで、近況を報告し合っています。

幸い、両親は贅沢はせずとも経済的に自立した生活を送ってくれていて、介護もまだ始まっていません。

東京で思い切り好きなことに打ち込める今の日常は、とてもありがたいものなのだと思っています。

でも、なんと表現したらいいのでしょうか。私の中にはいまだに、九州を出たばかりの「娘」が住み続けているのです。

たとえば、毎朝の日課（嘘です、二日に一日程度だと正直に訂正します）にしている体操をするためにテレビをつけると淡々と流れる天気予報を見た時。

画面に映し出される日本地図に九州の地形を見つけるたび、「元気にしているかな。最近、連絡していなかったな」と胸の奥がザワッと波立つ感じがするのです。

食べ物が美味しく、人の構えもゆったりとした九州は大好きです。帰るたび、生まれ育った土地の温かさを感じますし、その愛おしさは年々深く感じられるようになった気がします。気の置けない友人も何人かいます。

一方、私は東京で大好きな仕事に恵まれ、東京でしか出会えない人たちとの関係性を築いてきました。それはきっとこれから先も、何か余程のことが起きない限りは、ささやかであっても持続していくものだと確信できるもの。私にとって、大切な宝物です。小手鞠さんとの出会いだって、「東京」がもたらしてくれたものでした。

特に、私が関わっているメディアや本づくりの仕事というのは、いわば東京の〝地場産業〟のようなもので、東京を離れたら成り立たないものです。ひと昔前であったら、出版や報道の仕事を選んだら「東京に根付く」ことが当然で、それ以外の選択肢などなかったかもしれません（少なくとも、私の会社員時代の先輩方はそういう覚悟でいらっしゃいました）。

いま、「ひと昔前であったら」と書きました。そうなのです。実は、最近はそうでもなくなっていると感じることが増えました。

ここ一～二年で急速に声が大きくなってきた「働き方改革」の追い風の中、いろんな企業や団体で、「時間や場所にとらわれない働き方」の実現が進んでいます。少子高齢化や核家族化で、働きながら子育てや介護に携わる人が増えてきたことと、インターネットの技術革新が進んだことで、「毎日同じオフィスに通わなくても仕事ができる環境」というのは、ずいぶんと整ってきました。

出版・報道の業界も例外ではなく、むしろ相性がいいようです。実際、私はiPadと

Wi-fiがつながる環境さえあれば、自宅でもカフェでも空港でも、どこでも連絡や執筆のやりとりができています。

ただし、実際に人と対面する取材や打ち合わせや、大量のゲラと格闘する作業などはどこでもというわけにはいきませんので、やはり東京を主軸に活動することは変わらないのですが、たとえば「この二週間は対面の約束を入れずに、執筆や企画構想だけに専念する」などと決めてしまえば、東京を離れて仕事をすることもできてしまうのだと。

これからは全てではないにしてもいろいろな仕事が「東京一極集中」ではなく、「東京、ときどき地方」あるいはその逆といった自由な設計で組めるようになっていくのだろうと肌感覚として実感できるようになりました。

喜ばしいことですよね！　でも……、選択肢が広がるというのは、自由と同時に迷いももたらすものでして。

これから先、「帰ろうと思えば帰れるのに、なぜそうしないのか」と自問自答をくり返すことになる自分が想像できてしまうのです。

小手鞠さんは幼少期を過ごした岡山を離れて京都に暮らし、その後、広い広い海を越えてアメリカに渡られました。

その時、「故郷を離れること」には相当の覚悟をなさったのではないかと察するのですが、いかがでしたか。

今は地球の裏側まで行ったとしても、Skypeで簡単につながれる時代ですし、「どこでも働ける環境」があらゆる場所と場所の距離を縮めている時代になりました。

それはとても便利でありがたいことであるのですが、実は「覚悟を決めにくい時代になった」とも言えるのでしょうか。

「故郷」というのは、肉親という生身の人間とはまた違った大きな存在であり、なつかしく温かい存在でありながら、どこか常に後ろ髪を引っ張ってくる重みを感じさせるものですよね。だからこそ、それを思い切って振り切る時、人生を大きく動かす何かを手に入れることもあるのだと思います。

私にはそういう経験はあったのかと思い返してみると、唯一それらしきものといえば、一度めの大学受験に失敗した時に「もうがんばらずに地元の大学に行けばいいのに。家から通えるんだし……」とくり返した母の期待を無視して浪人を決め（説得材料として奨学生の資格を取りました）、翌年に九州を出た行動でしょうか。

ごくありふれた決断ですが、今考えると、あの時に自分本位に動かなかったら、今大切にしている日常は持てなかったはずです。

両親のことは大好きで尊敬もしていましたが、このまま毎日顔を合わせる生活を続けていくと、「母と父に喜んでもらうための人生を歩んでしまうかもしれない」と無意識に危機感を感じていたのかもしれません。

前回の手紙で書いた弟の病気の件と重なって私はうっかり反抗期のタイミングを逸し、いつの間にか「特に問題を起こさない長女」というキャラが家庭内で定着していました。だから、殻を破りたかったのか。いや、それほど深く考えずに、単に「もっと広い世界を見てみたい」という好奇心からだったのか。

まとまらないまま、漠然とした思いをぶつけてしまってすみません。ただ、いつか小手鞠さんに聞いてみたいと思っていました。

ご自身の「故郷」に対して、どのような気持ちで過ごされていたのかについて――。

今ではご帰国の際、地元のファンの方々と交流し、大学で教鞭をとっていらっしゃる小手鞠さんですが、故郷に距離を置いている時期もございましたか？

そして気持ちに変化があったとしたら、どんなきっかけでどんな変化があったのでしょう。

今、小手鞠さんにとって、ウッドストックの森と岡山をつなぐものはなんですか？

年に一度の帰国の時期が、今年も間もなく巡ってきますね。

お手紙を綴り重ねてお会いする今回は、例年に増して特別な時間になりそうで、とても楽しみにしています。

お返事をいただくのと、日本でお会いできるの、どちらが先になるでしょうか。

いずれにしても、話は尽きそうにありませんね。

望月衿子

望月衿子様

日本からウッドストックの森の我が家に戻ってきて、まっ先にしていることは、衿子さんからいただいていたお手紙にお返事を書くこと。

先日は、一年ぶりにお目にかかれて、とても嬉しかった。

相変わらず、聞き上手で、語らせ上手な衿子さん。ここ数年、会うたびに、衿子さんの懐が深くなっているのを感じます。だから、安心してなんでも話せてしまう。二時間が三十分ほどで過ぎてしまったような気がします。

さて、帰国前にいただいていたテーマ「故郷とのつきあい方」について。

故郷を離れることには、相当の覚悟があったのではないか？

故郷に対して、どのような気持ちで過ごしてきたのか？

故郷に距離を置いている時期もあったか？

ウッドストックの森と岡山をつなぐものは？

さっそく、衿子さんのインタビューに答えることにしましょう。

私が生まれ故郷の岡山を離れたのは、十八歳の時でした。「小説家になるためには京都へ行かなくては」と思い込んでいた――という話は、四月のお手紙で披露しましたね。その後、二十八歳の時、京都から東京へ出ていきます。この時は彼（現在は夫）といっしょでした。実は、京都と東京のあいだには、インドがはさまっています。ふたりで四ヶ月ほどインドをほっつき歩いていたんだけど、旅行中に「新しい仕事を見つけるためには、東京へ行った方がいいかもね」と意気投合し、帰りの飛行機の行き先を変更して、インドから直接、成田へ。

インドへ行ったのも、関西へは戻らず東京へ出ていったのも、半ば衝動的な行動でした。

そして、三十六歳の時、日本からアメリカへ。

彼がアメリカの大学院に入学することになったので、私もいっしょにくっついていきました。これはまあ、成り行きみたいなものですね。アメリカへ行きたい、というよりも、彼と離れ離れになりたくない、という思いの方が強かったです。

こうしてふり返ってみると、故郷や日本を離れるに当たって、覚悟なんてものは、あんまりというか、もしかしたらまったく、なかったのかもしれない。

十八歳の思い込み、二十八歳の衝動、三十六歳の成り行き。そのようなもので下した決断でした。

今、計算してみたら、岡山をあとにしてから、なんと、四十四年も経っているの。正直に告白すると、この四十四年のあいだ、私は一度も「岡山に戻ってそこで暮らしたい」と思ったことがありません。

故郷とは私にとって、戻る場所でも、戻りたい場所でもなかったの。その思いは昔も今も、ちっとも変わりません。故郷は、なつかしくはあっても、私の帰りたいところ、住みたい場所ではないのです。

なぜなのでしょう。

衿子さんも今「どうして？」って、首をかしげているでしょう？

誰に話しても「ええっ！」と驚かれてしまうのですが、私は十代の頃から、両親からはできるだけ遠く、離れていたいと思ってきました。

つまり私にとって、故郷を離れる＝親から離れる、故郷へは戻らない＝親のそばへは戻らない、ということなの。

だから、衿子さんの質問「故郷に距離を置いている時期もありましたか？」については「はい、それは私にとって必要不可欠な距離だったのです」が答えになります。

ここから先、両親の悪口は書きたくないので、なるべく悪口に聞こえないように気をつけながら書いてみたいと思います。

ひとことで言うと、私は両親から、ほめられて育った子どもじゃなくて、けなされながら、否定されながら、「駄目だ駄目だ」「もっともっと」と言われながら育った子どもだったということ。

両親からほめられたくて、私は健気に一生懸命、がんばっていました。でも、どんなにがんばっても「もっとがんばれ」と、言われ続けてきたの。私みたいな子どもって、けっこういるんじゃないかな。

限度を超えてがんばり過ぎる子ども。

このままだと、自分が壊れてしまう。本能的にそのことがわかるから、だから「できるだけ遠く離れていたい」と思ったのではないでしょうか。今にして思えば、ということだけれど。

大人になってからも、「小説家になんてなれるわけがない」と目標を否定され、新人賞をいただいたあとも「こんな下らない小説を書いて」と批判され、「今からでも遅くない。学校の先生になるか、役所とか、堅い会社とか、とにかく勤め人になるべきだ」って、説教され続けて、二十代から四十代の終わりまで、京都や東京やアメリカから実家へ戻るたびに、私の心は傷ついていたの。

故郷をテーマにして書いた長編小説『望月青果店』の中で、主人公の鈴子に、私はこんな台詞を吐かせています。

「あんなの、愛情じゃないよ。愛情だったら、どうして私はこんなに傷つくの？　どうしていつも、私だけ、いやな思いをしなきゃならないの。母親だったら、自由に好き勝手に子どもを傷つけていいの？　そんな権利、母親にはあるの？　おなかを痛めて産んだ子だから、好きなように傷つけていいの？　私、もうこれ以上、母に傷つけられるのはごめんなの。金輪際、ごめんなの」

この悲鳴は、当時の私の上げていた悲鳴でした。

実家をあとにして、岡山駅から新幹線に乗っている時、私はいつも涙で頬を濡らしていたの。もう二度と、戻ってこない……なんて思いながら。

なんてかわいそうなんだろう、私（笑）。

でも、五十代になってからやっと、私は両親に対して、心から感謝の気持ちを抱けるようになったのです。

「小説家になんて絶対になれない」と言われ続けてきたからこそ、くやしくて、情けなくて、悲しくてたまらなかったからこそ、私は猛烈にがんばって「絶対になってやる」と執念を燃やしながら、たゆまぬ努力を積み重ねてきたわけです。両親が私を甘やかして「いい子だね。よくがんばったね」と、ほめて育てるタイプの人たちだったら、今日の私の幸せ——好きな仕事を持ち、好きな人と、好きな場所で暮らしている人生——は、なかったかもしれません。

お父さん、お母さん、ありがとう！　元気で長生きしてね。いろいろネガティブなことを言われ続けてきたけれど、あれは全部、ふたりの愛情から出た言葉なんだって、わかってるよ。

こんなふうに、素直に「ありがとう」が言えるようになるまでの長い年月、常に私を支え続けてくれたのは夫です。

彼は終始、私の味方でした。私が両親との関係で悩んでいた時、「きみを傷つける人がいれば、それがたとえ親であっても、きみは距離を置くべきだ」と、彼は言い切ってくれました。

しっかりと、自分で自分の身を守ること、そのためには、距離と時間をしっかり置いてつきあうこと。こういうことが上手にできるようになってようやく、私は年老いた両親に対して素直に感謝し、親孝行らしきこともできるようになりました。

数年前から年に一度、岡山大学で夏期講座の講師をつとめるという仕事に恵まれ、このことを両親に喜んでもらえた——もしかしたら、生まれて初めて、手放しでほめられたのかも？——時には、すごく嬉しかったです。岡大の講師というのはどうやら、両親の眼鏡にかなう仕事だったみたいですね。

何かを否定しながら生きるのは、つらいことです。

両親の性格や愛情を全面的に肯定できるようになってから、生きるのがより楽しく、楽になってきました。私が幸せに生きることが、両親にとっての幸せでもあるはず。そう信じて、私はこれからも、故郷には距離を置き続けるでしょう。「幸せな距離」なんだと思います、これは。

遠く離れて暮らしていますが、今は、精神的な距離はとても近いと感じています。そう、ウッドストックの森と岡山をつなぐのは、幸せな距離、心地よい距離に支えられている「愛情」なのです。

もしもご両親との関係に悩んでいる人がいたら「傷ついてまで、親といっしょに過ごしたり、形式的な親孝行をする必要なんてないのでは」と言ってあげたい。かつて、夫が私に言ってくれた言葉を贈ってあげたいなと思います。

「一方的に泣かされるような関係は、断ち切るべきだし、会いたくないなら、会わなければいい。育ててもらった恩は忘れてはいけないけれど、子どもは親の所有物じゃない」

夫にそう言われて、心のもやもやがすっきり晴れたことを、今でもよく覚えています。そして、一度、心の中ですっぱり切ってしまっているからこそ、今はなんの恨みもなく、会った時には、それがたとえ短い時間であっても、精一杯の優しさを降り注いであげることができています。

うん、今回もね。短かったけれど、心をこめてふたりに会いましたよ！

この期に及んで、まだ私に説教しようとする両親に、余裕の笑顔を返すことができました。親の説教は、笑いでかわすに限るね（笑）。

衿子さんのお手紙に書かれていた「なつかしく温かい存在でありながら、どこか常に後ろ髪を引っ張ってくる重み」という言葉に、深い共感を覚えます。

私はそのような重みに長いあいだ苦しんできましたが、その苦しみが小説を書く原動力に、衿子さんの言葉を借りるなら「人生を大きく動かす何か」になってくれたのだと思います。

手紙を書き終えて、これから森へ散歩に出かけます。

秋の森を、落ち葉を踏みしめて歩きながら、「お父さん、お母さん、元気でいてね。また来年の秋、会いに行くからね」って、地球の反対側から呼びかけることにしますね。

十一月には、晩秋の風に乗って、衿子さんからどんな質問が、どんな言の葉が舞い飛んでくるのでしょう。

楽しみにしています。

小手鞠るい

十一月の往復書簡

人づきあいと社会生活

小手鞠るい様

ここ数年の恒例になっている、年に一度の小手鞠さんとの再会の時間。今回もとっても楽しくて、あっという間に過ぎてしまいましたね。こんなに濃密に手紙のやりとりをさせていただいているのに、まだまだ話し足りないなんて不思議です。

数多のインタビューを受けていらっしゃる小手鞠さんから、「聞き上手で、語らせ上手」と言っていただけるなんて、天にも昇る気持ちです。

どうしてこんなに深い愛情をもって応援してくださるんだろう？　と不思議に思っていた時、小手鞠さんが詩作の師であるやなせたかし先生との交流を綴った『優しいライオン　やなせたかし先生からの贈り物』を読んで、ある気づきに至ったことを思い出しました。

「いい子、いい子」と頭を撫でてもらえるのが嬉しくて一生懸命がんばる子どものように、詩作に励んでいた小手鞠さん。そんな小手鞠さんが小説家として羽ばたく日まで、ずっと見守り続けていたやなせ先生。

小手鞠さんは、人からほめられて育つ喜びを体感しているから、自然と周りの人にも温かく接していらっしゃるのじゃないかな。この本を読んだ時、ストンと腑に落ちたのを覚えています。

「ほめない親」とはあえて距離を置かれたという小手鞠さんですが、ご自身で切り開いた居場所でさまざまな出会いを得て、ご自分にしかできない表現を手に入れた。

大人になっても親からの承認を渇望して、苦しんでいる人はたくさんいると思います。私もまた、心のどこかで、両親にいつも認めてもらいたいという気持ちがあります。

でも、自分を認めてくれる人は、広い世界のどこかにいる。

そして、いつかきっと出会える。

そんなふうに信じられる希望を、私は小手鞠さんが書いたメッセージから受け取りました。

ここからは推測による蛇足です。実はきっとご両親も、ずーっと小手鞠さんのことをほめたかったのではないでしょうか。ただ、機を待っていただけで、可愛い可愛い自慢の娘を思い切りほめたいと思っていたんだろうな。なんて、勝手に想像してしまいました。

親子でも夫婦でも友だち同士でも、人と人の関係って、〝慣性の法則〟が働くことがあると思いませんか。

「ありがとう」って言いたいのに、いつもは自分が威張っている関係だから素直になれない。

本当は厳しく叱りたいのだけれど、和気あいあいとした楽しい雰囲気を壊したくない。

「すごいね」とほめたいけれど、今までほめてこなかったから、うまく言葉が出てこない。などなど。

これまでの関係性を無意識に続けようとするエネルギーに、今この瞬間の本当の気持ちが負けてしまうような時って、結構あるかもしれないなと思うのです。特に身近で大切な人であるほどに。

慣性が働き続けるうち、ますます方向転換がしづらくなってしまう。変えるには、「よっぽどの理由」が必要になってしまう。

だから、人間関係の軌道修正に時間がかかることって多いのかもしれないなと。

なんて、いろいろと思いを巡らせてしまいましたが、お手紙を読んでいてとてもホッとしたのは、小手鞠さんと故郷（ご両親）との関係が、四十数年の時を経て、やわらかーくまろやかに熟成されているということ。

「親の説教は、笑いでかわすに限るね（笑）」という一文は、葛藤や衝突を経て充実の時を迎えた小手鞠さんならではのゆとりを表すようで、なんとも爽快でした。

いただいたお手紙の感想をもうひとつ。

小手鞠さんが海を渡り、故郷から遠い外国の地で暮らす決断をしたというのが、「思い込み・衝動・成り行き」の連続でしかなかったとは！

なんだか、肩の力がふっと抜けました。

ドラマティックな人生は、やはりドラマティックな決断によって成り立つものと思っていましたが、必ずしもそうではないのですね。

たしかに、たしかに。これまでお話を伺ってきた方々も、「何気ない行動や思いつきが、結果的に人生をダイナミックに方向づけるきっかけになった」と振り返る方が多かったです。

逆にいうと、その時その時の衝動のまま、自分の直感に引かれるままに突き進んだ道が、想像しなかったほどの広い海、高い山へと続く道であるかもしれないということでしょうか。

今回も、いろいろな気づきを与えてくださるお手紙をありがとうございました。

話は変わって、私の近況報告と共に、新たなテーマを投げかけさせてください。それは、「大人になってからの女性の友情」についてです。最近、またもやちょっとモヤモヤする出来事がありました。

今年の三月に四十歳という節目を迎えた私の周りでにわかに企画されるようになったのが「同窓会」です。

最近は、SNSの浸透で、ずっとご無沙汰していた同級生と、簡単に連絡を取り合うことができます（本当に十年前には考えられないことでしたよね！）。

私の周辺も急にソワソワと連絡が行き交うようになって、「十年ぶり」「二十年ぶり」になつかしい面々と会って食事する場に私も何度か呼んでもらう機会がちらほらと出てきました。

せっかくだからと参加してみたところ、素直に楽しい時間を過ごせました。お互いに何者でもなかった学生時代に戻って、なつかしい話をしたり近況を伝え合ったり。二十代・三十代の頃はお互いに自分のことで忙しく、なかなか会えなかった旧友たちとつながりを確かめ合えたことが、嬉しくもありました。

でも、同時に感じたのは、なんとも言えない〝淋しさ〟でした。

あらためて、女性の人生は十人十色。

大学を出た後、就職して、そのままずっと同じ会社で働き、結婚せずにシングルライフを楽しんでいる人。学生時代に〝できちゃった婚〟をして、専業主婦の道を選び、もうすぐ子育てを終えようとしている人。三十歳の時に異業種に転職をしたけれどうまくいかず、同時に離婚もして実家に出戻ったという人。

高校時代にはみんないっしょだったはずなのに、今はみなバラバラの道を進んでいる。当たり前のことなのですが、年齢を重ねるほどに、人生の分かれ道を通過して、共通項がどんどんなくなっていく。

自分と同じ道を歩んでいる人は誰ひとりいない。

その事実を現実として突きつけられ、ちょっとした喪失感を抱いてしまったのです。

小手鞠さん、大人になってからの〝友だちづきあい〟を難しいと思ったことはありませんか？

私はいまだにどうしたらいいのか、よくわからないのです。

私はできるだけ属性でつきあいを狭めたくないと思ってきました。「大学を出て就職し、結婚して子どもを産んでも仕事を続けている」という私自身の属性は、隣の人にとっては〝当たり前〟とは限りません。「あの人に対して、これは言っちゃいけない」と無意識に言葉のブレーキをかける回数は年々増えているように感じます。

子どもを産んだ病院がいっしょだったという縁で仲よくなった専業主婦の友人がいます。出会ってしばらくはお互いに似たようなライフスタイルだったので、話題も一致して頻繁に会っていました。

そのうち私は息子を保育園に預けて本格的に仕事復帰し、彼女はお嬢さんを幼稚園に通わせ、数年後には私立小学校へのお受験に挑みました。

そのあたりから、たまにランチをしても、どんな話をしたらいいか迷うことが多くなったのです。

表現が難しいのですが、私が「こういう人に会って、こんな面白い仕事ができたんだ！」という報告を彼女にすると、毎日家庭を守る生活を大事にしている彼女の生き方を否定することにならないかと、気になってしまうのです。

逆に、彼女が身振り手振りで面白く話してくれるお受験の苦労話を聞くことは、私にとって苦痛でも退屈でもありません。むしろ「私が知らない別世界のドラマ、楽しい！」と思って聴き入ってしまいます。

正直に告白すると、「うーん、それは私は絶対にしないな」と反論が浮かぶことも十分間に一回くらいの頻度でありますが、決して口にはしません。

「こういう本音の話、幼稚園のママ友には言えないからさ」と夢中で話してくれる彼女が、ハッと我に返って、「ごめん。私の話、面白い？」と気にする様子を見せると、彼女も私に気を使っているんだろうなと思います。

きっと彼女も少しは感じていると思います。

お互いに「ただの妊婦」でしかなかった時のようには、もうつきあえないんだろうなという淋しさを。でも、彼女のことは大好きなのです。

問いをきちんと整理できていない状態で、投げかけてしまうことをお許しください。

生き方が分かれる女性の人生において、友情とはどんな形で成り立つと思いますか？

これは〝女子〟特有かもしれませんが、学校に通っていた頃、「いつでもいっしょで、悩みをなんでも話すのが親友」という不文律がありました。特に仲よしだった子とは交換日記をしたりして。

大人の友だちづきあいはそういうものではないということは、わかっています。

では、どういう形なら心地よく、お互いの人生を豊かにするものなのだろうか？　と思うのです。


二十代の頃、私は仕事を覚えるのに忙しく、特に社会人になって数年は毎夜のようにタクシー帰りだったので、友だちづきあいをすっかりサボってしまっていました。

そのあいだに、自分の身に起きた問題や悩みは、自分自身で考えるか恋人や身近な職場の先輩に意見を聞くことで解決してきたので、「友だちに頼る」という行動をほとんどしていなかった気がします。

ごくたまに、本当に信頼できる数人と個別に会って、話を聞いてもらうくらい。それも相談というより、まとまりのない気持ちをぶつける、あるいは事後報告という形でした。

本来であればこの時期に、社会人としての友だちとの適切な距離の取り方を試行錯誤するべきだったと思います。その過程を踏まなかったことを、私は後悔し、反省しているのです。だから、以前の手紙に書いたように、イベント会場で出会った学生さんに

「友だちを大切にしてほしい」と伝えました。

四十歳になった今、自分の職業がなんであるかをおぼろげながらも説明できるようになり、少し身の周りも落ち着いたことで、友だちづきあいが復活しようとしています。これから年末に向けて、再会の機会は増えそうです。

ちょっと大袈裟かもしれませんが、私にとっては、一度失った友だちづきあいを取り戻すチャンスかもしれないと思っています。

生き方が多様に分かれる女性にとって、心地よい「友だち」との関係について、小手鞠さんの考えをぜひ聞かせてもらえませんか？

望月衿子

望月衿子様

冬支度を始めたウッドストックの森から、こんにちは。

広葉樹は色づいた葉っぱを落として潔く裸木になり、小鳥たちは暖かい土地へ渡っていき、鹿たちの毛色は明るい茶色からくすんだ茶色に変わり、りすたちは越冬のためのどんぐりをせっせと集めています。

朝夕は吐く息も白くなり、ひんやりした風に枯れ草の香りの混じるこの季節。

私はよく、暖炉に薪をくべて、ぱちぱち弾けながら燃える火に当たりながら、本を読んだり、考え事をしたりしています。

たまたまきょうも、大好きな友だち、なつかしい友だち、遠ざかってしまった友だち、「みんなどうしているかな?」と、暖炉の前でしみじみ思いを馳せていたところへ、衿子さんからのお手紙が届きました。以心伝心、とはこのことですね。

久しぶりの同窓会で衿子さんの感じた楽しさと、嬉しさと、なんとも言えない淋しさ。

大人になってからの友だちづきあいの難しさ。そして、心地よい友だちとの関係について。温かい火に手をかざしながら、あれこれ考えてみました。

まず、私にとって、女友だち——衿子さんは特に性別を問題にしていないようにも読み取れたけれど、一応、女友だちということで話を進めていくね——って、どういう存在なんだろうなって考えてみたのですが、結論から先に書くと、それは、冬は暖炉みたいに温かくて、夏は木陰みたいに涼しい存在だなと思いました。

雨降りの日の傘というか、雨宿りをさせてくれる場所というか。

私にはそういう人が確かに何人かいて、しょっちゅう会ったり、会っておしゃべりをしたり、悩みを打ち明け合ったりしているわけではないのに、その人のことを思うだけで、「ああ、私もがんばろう」って元気や勇気をもらったり、「友だちっていいな」って、ほんのりと幸せな気持ちになったりすることができるのです。

逆の言い方をすれば、無条件でそういう気持ちにさせてくれないような人とは、無理してつきあわなくてもいいのではないか、とさえ思っています。苦労して話を合わせたり、悩みや愚痴や自慢話をただ聞かされるだけの関係は、友人同士とは呼べないのではないかと。

ここで、いきなりのアドバイスになってしまいますが、衿子さんが「お互いにただの妊婦でしかなかった時のようには、もうつきあえないんだろうなという淋しさ」を感じたというその人とは、しばらくのあいだ、距離を置いてもいいいんじゃないかなと思いました。意識的に置く必要もないけれど、無理して距離を縮めようとか、淋しさを埋めようとか、共感を覚えようとか、する必要は、まったくないのではないかな。

なぜなら、衿子さんも書いていた通り、人生は十人十色。たとえ一時的に共通項があったとしても、それが永遠に続くとは限らないものね。

妊娠をきっかけにしてその人と親しくなった。その後、互いの状況が変わって離れていった。それぞれの子どもが成長し、成人し、何十年かのちにふたりは再会し、ふたたびつきあいが始まる。昔話に花が咲く。そういうことだって、あるかもしれません。

私にも、中学時代や高校時代や大学時代にはすごく仲がよかったのに、就職、結婚、出産、離婚、不倫——も、あえて入れておくね——などなど、そのときどきのお互いの状況によって、距離が遠くなったり、気持ちが離れてしまったり、友情を失ってしまったりした人が複数います。子どものいない私に、子どもの話ばかりする人とはつきあいづらいなと感じて、私みずから遠ざかっていったこともあったし、私が仕事の話ばかりするから、閉口していた人もきっといたはず。

でも、そういう時期を経てもなお「やっぱり大切な友だち」でい続けてくれている人たち、一時は離れていたのにまたつながった人たちもいて、それが先に書いた「冬は暖炉、夏は木陰」の人たちなのです。

おおざっぱな書き方になってしまうけど、衿子さんが同窓会で抱いた淋しさも、喪失感も、すべては時間が解決してくれると思います。夫婦と同じで、友人同士の関係も、長い時間を経てこそ、わかってくることや見えてくるものがあるような気がします。

ある程度の時間が経っても、五年経っても十年経っても、そしてそのあいだまったく会っていなくても、なお失われることのない関係があったとすれば、それこそが本当の友情なんだと思う。つまり、長い時間が経って、距離もすっかり空いてしまって、それで終わりになる関係なのであれば、それまでにどんな努力をしていても、それは所詮、失われる関係だったのではないかということです。

あ、これって、すべての人間関係について言えることなのかも？

さて、ここからは、衿子さんからの質問「心地よい友だちとの関係」について、最近の私の思っていることを書いてみますね。

私にとって、心地よい関係、イコール、互いに心地よい距離を保ちながらつきあえる人、ということになります。

遠慮のない関係、じゃなくて、遠慮のある関係。

相手の領域にずかずか土足で踏み込んでいったり、悩みをなんでも打ち明けたり、一方的に頼ったり、言いたいことを言ったり、そういう関係は、私にとってはただ息苦しいだけ。それと、友だちなら、一方的な非難や批判はしない。これって、心地よい関係の大原則じゃないかと私は思っています。

私の大嫌いな言葉に「あなたのことを思って、私はこんなきついこともあえて言うのよ」というような言葉があります。

衿子さんも、言われたことがないですか？　ある？（笑）

とにかく「あなたのことを思って」という前置きの言葉。私は、これはまず、疑ってかかるようにしています。私のことを思ってくれているなら、そういうことは言わないで、と、言いたくなるような意見や親切のなんと多いことか。

要は「親しき仲にも礼儀あり」ですね。

少し前のことになるけれど、友だちだと思ってつきあっていた人から、私の仕事に関して、一歩、踏み込んでくるようなことをずけずけ言われて、その帰り道「ああ、私の心、傷ついている」って、自覚していたことがありました。そしてその時、こう思ったの。「私がこんなふうに傷つくってことは、もしかしたらあの人は、友だちではないのかもしれない」って。

で、私はどうしたか？

ひと昔前なら、そういう人とは、ぴしっと縁を切るようにしていたのですが、今は無理には切りません。無理して切ると、またその「切る」という行為によって、心が消耗するとわかっているから。だから、放っておいたの。

そういう時には、ただ、打ち捨てておくのがいい。決してそのこと——私が傷つけられたと感じたこと——を相手に話したり、メールを書いたり、抗議をしたり、議論をしたりはしない。ほかの友人に話したり、打ち明けたりもしない。これもけっこう重要です。ある人とのあいだに起こったことを、ほかの人に話すと、状況が悪くなることはあっても、よくなることはまずない。

とにかく時間を置く。距離を置く。冷ます。突き放す。

相手だけではなくて、自分の心も傷も。

そのようにしておいて切れてしまう関係なら、さっきも書いた通り、それは最初から切れてしまう関係なんだと思うの。友情や、友人関係においては、無駄な修復作業はしなくていい、と、私はつねづね思っています。

もつれた糸をあせって無理やりほぐそうとしても、ますますもつれるだけってこと、あるよね？　あれと同じです。でも少しのあいだ、放っておいて、新たな気持ちでやってみたら、あれ、あれ？　簡単にほぐれちゃった、みたいな感じ。

やはり決め手は時間なんですね。

それからもうひとつ、友情を育ててくれるさまざまな栄養素のひとつとして、私は「仕事」があるのではないかと思っています。

同じ会社で働いている人、編集者と作家、いっしょに本をつくろうとしている衿子さんと私、みたいな関係だけを指しているのではなくて、「一生、なんらかの仕事をしている人」「好きな仕事を一生懸命している人」同士の連帯感、とでも言えばいいのかな。結婚している人もいない人も、子どものいる人もいない人も、遠く離れている人同士でも、互いの仕事を通して互いを近くに感じ、理解し合える。そういう友情って、本当にとても強い絆になり得るのではないかと思います。

だからといって、仕事をしていない人とのあいだに、友情は成立しない、などとは露ほども思っていません。仕事同様、育児や介護や家事を専業としている人たちのことも、私は尊敬しているから。同時に、その人たちが内心「社会に出て働きたい」と思っているのであれば、私はその希望を全面的に応援したいと思っています。

失恋したり、不倫の恋に泣いている人に対して、だから私はよく「仕事に打ち込んで」

と言って、励ましています。「そのうち、いい人が現れるよ」なんて、下手な慰めの言葉はかけません。それよりも、「仕事は薬だよ。絶対効くから」って。

働き続けていれば、仕事に対する考え方や価値観を共有できる人に、必ず巡り合えます。女同士の友情は、仕事を柱にすれば、一生ものなんじゃないかと思っています。

衿子さん、いい仕事を、これからも一生、いっしょに続けていこうね。


そろそろ暖炉の火が消えつつあります。

体も心もぽかぽかしています。

「暖炉の薪は二度、人を温めてくれる」とエッセイに書いていたアメリカ人女性作家がいました。薪を割る時と、薪を燃やす時に。

友だちも二度、そして二倍、人生を温めてくれるね。

友情が芽生えた時と、友情を育てていく過程で。

ううん、友だちは三度、温めてくれるのかもしれない。

三度目は、ふたりでつくった思い出によって。

小手鞠るい

冬の章

六十代から天寿を全うするまで
～四季を振り返るご褒美の時代

十二月の往復書簡

遅咲きの楽しみ

小手鞠るい様

今年は少し早めに雪が降りました。

外に出ると、ピリリと冷たい空気が頬を弾きます。日が落ちるのもずいぶん早くなり、もう外は真っ暗です。

そろそろ本格的な寒さに向けて、厚手のコートを引っ張り出してくる必要がありそうですが、小手鞠さんからお手紙をいただいて以来、私の心はぽかぽかとしています。小手鞠さんが薪をくべてくださった「友情」という暖炉がパチパチと優しい音を立てながら、温めてくれているからです。

私は少し焦っていたのだろうなぁと思います。歩きながら少しずつ変わっていく風景に、何かを失っているような気がして。

でも、小手鞠さんがいつもおっしゃるように「時間を味方につける」ことで、仕事も、友情も、まあるく磨かれていくのですね。「簡単に、性急に、答えを出さない」ように、あえて寝かしておく時間も楽しむことを始めようと思います。

たまたまですが、最近、ある働く女性の先輩にやはり「大人になってからの女性の友情」について意見を聞いた時、「坂を登るのに似ている」というたとえを聞きました。

いわく、お互いに何者かになるために我武者羅に坂を登っている時は、自分のことに必死で周りを見渡す余裕はない。そのうち上り坂の途中の平地でひと休みできるような時間が訪れた時、ふと隣を見ると、自分が登ってきた坂とは違う坂を登り切り、ひと息ついている〝彼女〟がいる。

坂を登る過程でどんな苦労があったのかは、お互いに知らない。これから先に行く道も違うかもしれない。でも、「また会えたね。私たち、ここまでがんばってきたね」と讃え合い、リスペクトできる。

私はこのたとえにも、なるほどと膝を打つことができました。

ぴったりと腕を組んで同じ道を行く〝同伴者〟を求めるのではなく、無数に分かれる道をバラバラに選択し、自分が選ばなかった道を選んだ友が見ている風景をときどき想像しながら、旅の途中の交差路でまた出会える偶然を楽しみにする。そんなつきあいの仕方がきっと心地よく、人生をゆったりと楽しめる余裕を生んでくれそうですね。

そして、小手鞠さんがおっしゃるように、「仕事がもたらしてくれる友情」の豊かさも、深く頷けます。

「心地よい距離を保ってつきあえる、遠慮のある関係がいい」という意見には大賛成です。

私も子どもの頃からそういうところがあって、自分はすごく心を許しているつもりの友人から、「あまり悩み事を話してくれないから、淋しくなる」と言われたこともありました。

でも、やっぱり、心の奥のあやふやで形にならないような感情には、誰にも踏み込まれたくないですし、相手の心の奥もそっとしておきたい（というより、不用意に触ってはいけない）と思うのです。

働き始めて二十年近く経った今、つきあっていて心地よいなぁと感じるのは、仕事が縁で出会った友人たちです。

私は勝手な呼び名で「シゴトモ」＝仕事で出会った大切な友人、なんて分類しているのですが（笑）。

このシゴトモのよいところは、まず、もともと仕事でのつきあいがきっかけで出会っているので、お互いに程よい遠慮のブレーキを効かせられる関係の上に成り立っているところがひとつ。

どんなに親しくなっても決して相手の領域に土足で踏み込まない、一線を引いた関係が保ちやすいのがいいですね。

そして、もうひとつ、シゴトモならではの魅力は、価値観に共感・尊敬できる友人をつくれること。お互いの〝仕事〟について理解している関係だから、その人が最も大切にしようとしているテーマや価値観、人生の目標について、自然と知るヒントを得やすいということが大きいように思います。

仕事は、長い人生の時間をかけるに値する価値あるものであると、小手鞠さんはおっしゃいましたね。

私もそう思います。

限りある人生という時間、命を燃やすための日々の営みとして、選び取り、持てる力を尽くす〝仕事〟には、その人の大切にしたい価値観がそのまま投影されるのではないでしょうか。小手鞠さんのような作家のお仕事は特にそうですね。

仕事が価値観として表現されにくい職業であっても、その人の毎日の仕事ぶりや姿勢を通じて周囲に与える影響は計り知れませんし、たとえ他人の目に気づかれにくい貢献であっても、その一滴の仕事がどのような水脈となり、どんな川や湖、海を成すのかは、その人が人生で大切にしている哲学を表すはず。

というと、なんだか大袈裟に聞こえるかもしれませんが、単純に「この仕事が好き」という思いだけでもきっと十分なのでしょう。

パティシエの道でがんばる人なら、お菓子が好きで、お菓子がもたらす価値を大切にしている人。経理のスペシャリストになりたい人なら、組織を動かすお金回りを支える役割に使命感を燃やしている人。「営業」という職種が性に合うという人は、自分がいいと思う商品を人に伝えたり、それが世の中に広がっていくプロセスに携われることに喜びを感じる人――というふうに、職業は、意識するとせざるとによらず、その人の「人生で成し遂げたいこと」「大切に磨いていきたいこと」を雄弁に語っていると思うのです。

そして、その「大切に磨いていきたい宝物」の存在を探り当て、マッチで火を灯すように照らし出してくれるような人と出会えたとしたら、それはとても幸運です。

「あなた、これが得意だよね」

「すごくいいと思うよ。やってみなよ！」

「応援しているからがんばって」

そんなエールを送って、宝物を宝物のままにしていていいのだと背中を押してくれる人に出会えたら、それはまさに人生の友であり、師になると思います。

私が小手鞠さんに感じるのは、そんな「薄闇の中でマッチの火をそっと灯す」ような優しい友情なのです。

これまで幾度となく、「人に会ってインタビューをするのが好き」という私のささやかな思いをサッと両手ですくい上げ、埃をはらって、光を当て、「ほら、これが衿子さんの宝物だよ」と教えてくださいました。

同時に、小手鞠さんは独立したひとりの女性として、プロフェッショナルな職業人として、私がいる場所から遥か彼方を歩いています。そのキリリとした後ろ姿から、私は勝手にいろんな教えを受け取っています。

私がしつこく聞かない限り、言葉では「こうした方がいい」「こうすべき」とは決しておっしゃいませんが、背中で教えてくださる。

「成熟した女性のあるべき姿」としての、ひとつのお手本を得られていることがとてもありがたいことだと感じています。

一方で、仕事をしていると、必ずしも希望している役目を与えられる時ばかりではありません。むしろ、「これこそ私の天職」と確信できる仕事を今現在はできていない、という人の方が割合としては多いかもしれません。

でも、そういう憂いの時にこそ、その人がどう仕事に向き合おうとしているかを、周りの人は見ているように思います。

私が会社員をしていた時期、出版社は(今でもそうですが)不況の時代だったので、組織変更は頻繁に起こり、特に派遣や有期雇用で雇われていたスタッフの方は、どんなに優秀で貢献している方でも組織の都合で退職を余儀なくされることがありました。

たくさんの方が惜しまれながら会社を去っていったのですが、その中で、編集部付きのアシスタントとして有期契約をしていたNさんという方も、やはり法規上の理由で契約終了の時期を迎えました。

私は彼女とはほんの数ヶ月ほどしか同じ部署で働いていなかったのですが、短期間でも彼女がどんな小さな仕事でも雑に扱わず、丁寧に仕上げる誠実な仕事をするプロであること、そして逆境でもフレンドリーな笑顔とユーモアを絶やさないという人としての魅力を感じ取っていました。

退職された後も連絡を時折取り合って、仕事関係から「誰かいい人がいない？」と紹介を頼まれた時に推薦したり、たまに私の仕事の一部を手伝っていただいたりと、交流が続いていています。

どんなにブランクが空いていても、仕事のきっかけさえあれば「ご無沙汰しています。お元気でしたか？　実は、今、こんなことをお願いしたくて……」と、いつでも関係性を復活させることができるというのも、シゴトモのよさかもしれませんね。

友情の話から少しそれますが、思いつくままに。

よく「私は大した仕事をしていないので……」と、〝職業のインパクト〟、つまり、世間的な知名度や派手さだけで、自分の仕事を過小評価される人がいませんか。

お恥ずかしいことに、私も二十代の頃は、華やかな響きのある職業ほど、やりがいを得られたり、周囲の尊敬を集める仕事なのかと勘違いしていました。

でも、きっとそうではありませんよね、小手鞠さん。

長年働き続けるうちにシワのように刻まれていく、その人ならではの「仕事のスタイル」、こだわりや流儀のようなものこそが、人の信頼を集める名刺がわりになっていく。

そのスタイルを素敵だなと感じた人が、またチャンスが巡ってきた時に声をかけたり、仲間として呼び寄せたりして、縁が深まっていく。そうやって、仕事が縁での友情は重ねられていくし、仕事に対するプライドも育まれていくのだと思います。

社会人一年目で、働く女性向けの月刊誌の編集部に配属された年、私は「表紙」と「読者相談コーナー」を同時に担当させていただき、いわゆる有名人と呼ばれる女優さんらと、一般の企業で働く女性たちの話を並行して聴くという貴重な経験をさせてもらいました。

そこで、強く感じたことがありました。人は誰もが「自分だけのドラマ」を持っている。そして、それを誰かにじっくりと語りたいと思っていると。

読者アンケート票を読むと、フリー解答欄には溢れるほどの記入がある方がたくさんいました。たとえば、「仕事術」というテーマで取材をすると、誰もが働き続ける中で身につけてきたオリジナルの工夫をいくつも持っていました。その工夫に至った経緯をさらに深掘りして聞くと、まさに「仕事の美学」とも言える思いが浮かび上がってきました。

働き続けるって、すごいことなんだな。

その発見は、当時の私にとっては衝撃的であり、今思えば、社会に出て間もない頃に、この発見をつかめた私はラッキーだったような気がします。

同時期に印象的な体験として今でも鮮明に覚えているやりとりがひとつあります。担当していた読者相談コーナーで、たしか三十歳前後の事務職の女性が「仕事を続ける意味を感じられない」という相談をぶつけたことがありました。

回答役のホストは、当時六十代だったテレビ業界で長年キャリアを積んできた女性でしたが、彼女はこんなふうに答えたのです。

「長く働き続けるといろいろなご褒美があるのよ。いちばんは、人との巡り合わせ。かつていっしょにいい仕事を成し遂げた仲間と、また再会して、お互いに成長した姿でまた仕事ができる。このくり返しがたまらないの」

なんて素敵なご褒美なんだろう！　と感動しました。

そして、働き続けて二十年、なるほどなるほど、こういうことなのかもしれないなと感じられることも出てきました。

ここで、小手鞠さんに質問です。

九月にいただいたお手紙の最後の方に、「できるだけ遅咲きを目指して」という言葉がありました。

遅咲きならではの楽しみ、仕事を長く続けていくからこそ得られるご褒美とは、どんなものだと思いますか？

私が出会った十年前と変わらず、いえ、より一層、溌剌とした表情を見せる小手鞠さんが、どんな美味しい果実を今味わっていらっしゃるのか、知りたいのです。もったいぶらずに、教えてくださいね。

望月衿子

望月衿子様

シゴトモ！

うわーいい言葉だなぁ。衿子さんからクリスマスの贈り物をいただいた気分です。流行《はや》らせたいね、この言葉。

仕事の果実は、美味しいシゴトモ！　なぁんて、窓の外は雪ですが、仕事部屋の中は熱気でいっぱいなのです。

だって、今月のテーマは、遅咲きならではの楽しみ、長く仕事を続けてきたからこそ得られるご褒美とは？　私が今、どんな美味しい果実を味わっているのか？——なんですものね！

書きたいエピソードが多過ぎて、どれを書こうか、どれを書けばいいのか、頭の中は果実と果汁でいっぱいです。

でも実は今回、結論は衿子さんが書いてくれていたの。テレビ業界で長年、キャリアを積んできた女性のお言葉「かつていっしょにいい仕事を成し遂げた仲間と、また再会して、お互いに成長した姿でまた仕事ができる。このくり返しがたまらない」――これですね。働き続けることの喜びは、これに尽きます。

キーワードは再会。「再会」は私の小説の重要なテーマにもなっているし、人生のテーマにもなっているの。

さて、衿子さんのリクエストにお応えして、もったいぶらずにお教えしましょうね。数多《あまた》ある「とっておきの果実」の中から選りすぐって。

ひとつ目は、うさぎのマリーのフルーツパーラーです。

二十代だった頃、雑誌「詩とメルヘン」に詩を投稿していた私は、編集長だったやなせたかし先生のご紹介を得て、同じ京都在住の永田萠さんとお知り合いになることができました。

「カラーインクの魔術師」と呼ばれていた萠さんはすでに第一線で活躍していて、大勢のファンに愛されている、押しも押されもせぬイラストレーター。一方の私は、学習塾の講師。だから、萠さんが私のことを「友だち」と呼んでくれても、私にはとてもそういう資格はない、と身を縮めていたの。

同時に、物書き志望だった私はひそかに、でも強く、願うようになっていました。「いつか、私の書いた作品に、萠さんに絵を描いてもらえるようになりたい！」と。

それは、悲願のようなものでした。願いが叶うまでには、相当に長い年月がかかるだろうなと、覚悟を決めていながらも、心の半分では「そんなことは夢に過ぎない」と、あきらめていたような気もします。

三十代になってから一度、チャンスが巡ってきました。知人が新しく立ち上げた会社で絵本をつくることになって、「絵は荫さんに」とお願いした上で、私は物語を書き上げていたのですが、残念なことに、その会社はあっけなく倒産。絵本の話は、立ち消えになってしまいました。

その後、私は渡米し、小説の新人賞をいただいたものの、芽も出ず花も開かず苦節十二年、という話は、これまでにも何度かしましたね。その間、私が日本へ帰国した時には、東京か京都でときどき、荫さんにお目にかかっていました。会うたびに「いつか、いっしょに本がつくれたらいいわね」と、荫さんはおっしゃって下さっていたけれど、そのためにはまず、私が小説家としてきちんと自分の足で立たなくてはならないのだと、痛いほどわかっていました。

がむしゃらにがんばった四十代、五十代を経て、三年ほど前に私は六十代に。

六十代になるのと前後して、ある児童書の編集者と知り合ったのですが、京都生まれ育ちの彼女は自己紹介のメールの中に、私の書く恋愛小説が「すごく好きなんです」と、そして「永田萠さんの長年のファンなんです」と書いていたのです！

この人は運命の編集者だ、と、私は思いましたね。

萠さんと知り合ってから、なんと四十年後に現れた運命の編集者。

彼女のおかげで、先ごろ、萠さんとのコラボレーション『うさぎのマリーのフルーツパーラー』という絵童話をつくり上げることができました。萠さんの美しい絵と、編集者の審美眼によって、芸術品とも言えるような一冊になっています。

あきらめないで、くじけないで、何度ボツにされてもめげないで、しぶとくがんばって書く仕事を続けてきた、これがご褒美でなくてなんでしょう。

この運命の編集者が好きだと言ってくれたのは、ほかならぬ『欲しいのは、あなただけ』。この小説の舞台にもなっていて、私が大学生だった時に住んでいた界隈を彼女も「よく歩いていたので、すれ違っていたかもしれませんね」と言うのですが、なんとその頃、彼女は幼稚園児だったというのです。

京都に住んでいた、もと幼稚園児と大学生が、大人になってから知り合って、本をつくったわけですね。

さらに奇遇なことに、萠さんの現在のおうちはその界隈にあって、萠さんはそこで暮らしておられます。

まさに「縁」としか言いようがないでしょう？


そうそう、縁といえば、つい最近、こんな嬉しい出来事がありました。

学生時代に『エンキョリレンアイ』を読んで「泣きました」という女性が、大学を卒業し出版社に就職して編集者になって、私に仕事の依頼をしてくれたのです。エンキョリが出たのは二〇〇五年のことだったから、約十二年後の巡り合いですね。長く仕事を続けてきたからこそ、こういう巡り合いにも恵まれたのだなぁと、しみじみ幸せを噛みしめています。

たとえば衿子さんが、働く女性にインタビューをして書いた記事を読んだ若い読者が「私も将来、こういう職業に就きたい」と思って、がんばって勉強したり、資格を取ったりして、インタビューイと同じ仕事に就く、なんてことは、目に見えないところでけっこう頻繁に起こっているのではないかと推察します。

つまり人と人は、人によって、つながっているってことなのかな。衿子さんはきっと、誰かと誰かの、誰かと仕事の、縁結びの神様になっているんだと思います。知らないあいだにね。

三つ目の果実は、とっておきの再会物語「空と海の出あった車の中」です。

「海燕」新人文学賞をいただいた時のことです。

二十七年前の当時、文芸誌「海燕」編集部の編集者は全員、男性でした。

そんな出版社、今はどこにもないと思うけれど（笑）。

私が受賞したその年、初めての女性社員として採用されたという新人編集者がいて、授賞式の時、彼女が私のアテンド役を務めてくれたのです。いっしょにタクシーに乗って二次会の会場へ出向いていく途中、車の中でいろんな話をしました。

小説が好きで好きでたまらない、という新人女性編集者と、小説家になりたくてたまらなかった新人賞受賞者の会話です。

年は私の方が十三、四くらい上。

「ふたりとも新人なんだもの、がんばろうね！」

「はい、がんばります！」

「男性社会に負けないようにね」

「はいっ！」

「これからはあなたみたいな女性編集者がどんどん出てくるはず。あなたはその先駆けになってね」

「いつか、いっしょに本づくりができるといいね」

「はい、そんな日が来るように精進します」

そんな日は……なかなか来ませんでした。

彼女はその後、スポーツ雑誌への異動が決まり、私は私で、書く小説書く小説ボツ・ボツ・ボツの大行進。

それでもときどき、手紙やファックスで近況報告をし合っていたけれど、細い糸はますます細くなるばかりで、一時期は、彼女がどこでどうしているか、わからなくなっていました。もちろん彼女の方も、私は泡のように消えてしまった幻の新人になった、と思っていたことでしょう。

そんなある日、森の仕事部屋に一通のメールが舞い込んできたのです。

「弊社の編集者が小手鞠るいさんに原稿を依頼したいと申しております。もと『海燕』という雑誌で仕事をしていた者なのですが、覚えておいででしょうか？」

地平線のかなたで、空と海がふたたび出会いました。

「覚えていますとも！」

と、すぐに返事を書き送りました。

彼女は長年の念願が叶って、文芸編集者として再スタートを切っており、私は苦渋と苦節の時代を経て、『欲しいのは、あなただけ』によって再デビューを果たしたばかり。タクシーの後部座席での「がんばろうね」から、十六年後の再会。がんばってきてよかったなぁと、もぐらはしみじみそう思いました。

彼女とは『空と海のであう場所』——この作品のテーマは再会です——を皮切りにして、ずっといっしょに二人三脚で仕事をしています。『猫の形をした幸福』『カクテル・カルテット』のほかに、文庫本も何冊も。近年では『アップルソング』『星ちりばめたる旗』をこの世に送り出しました。

ここまで書いてきて、私は衿子さんのお手紙の中で見つけた言葉に、改めて感電しています。


——人は誰もが「自分だけのドラマ」を持っている。そして、それを誰かにじっくりと語りたいと思っている。

最後にもうひとり、男性編集者にも登場していただきましょうか。

『欲しいのは、あなただけ』の原型と言えるような小説の原稿を、日本に帰国するたびに出版社に持ち込んで、売り込みをしていた頃のことです。

彼は、その原稿をばっさりボツにした、十人くらいの編集者のうちのひとりです。「残念ながらうちでは出せません」と言って、彼は別の会社を紹介してくれましたが、そこでももちろん、出すことはできませんでした。

ボツにした人とされた人。もぐらを叩く人と叩かれる人。

そのようにして知り合った彼とも、数年後には再会し、雑誌連載を経て一冊、本を出版することができました。

その後、彼は編集職を退いてしまったので、これで縁は切れたものと思っていたのですが、四年後のある日『アップルソング』を読んで大感動したと言って、私のもとへ国際速達便で古い本を二冊、送ってきてくれたのです。

その本を読んで、私はまるで何かに取り憑かれたような状態になったまま、『炎の来歴』という小説を書きました。

この作品は、「書いた」というより、「書かされた」「書かせてもらった」というふうでもあり、自分が書いた、というよりは、何か大きなものが私に乗り移って、ふと気がついたら――とはいえ、完成させるまでには四年かかりましたが――書けていた、というふうでもありました。私が小説を書いたのではなく、小説が私を書いた、とでも言えばいいのかしら。とても不思議な体験をしました。そうして私はますます、小説という魔物の虜になってしまいました。

ちなみにこの彼は現在、癌治療のために入院中。衿子さんとの書簡集が出版された暁には、すっかり元気になっているはずの彼に快気祝いとして贈りたいと、私は毎日、神様に祈りながら、願っているの。

この願い、きっと叶うよね？

私のシゴトモ、衿子さんとの巡り合いに感謝をこめて

小手鞠るい

一月の往復書簡

心と体のセルフメンテナンス

小手鞠るい様

明けましておめでとうございます。

また、新たな一年が始まりますね。一年十二ヶ月、三百六十五日ごとに、新しい「始まり」を迎えられるって、いいことですね。

どんな一年でも必ず終わって、また始まる。

昔はなんとも思わなかったことがしみじみと感じられるようになったのは、私も歳を重ねたからでしょうか（小手鞠さんからすると「四十歳なんてまだ若い！」と笑われそうですが）。

この時間の積み重ねがミルフィーユのパイ生地だとしたら、そのパイのあいだに所々入っている甘くて美味しい完熟フルーツは人生で与えられるご褒美。

仕事を長く続けていくことで得られるご褒美が〝再会〟であることを、小手鞠さんが体験したいくつものエピソードと共に教えてくださってありがとうございました。

その時にはまだ熟していなかったとしても、一度は「また、どこかでね」と手を振るしかなかったとしても、きっともう一度会える時が来る。だから、背筋を伸ばして、目の前の仕事に一つひとつ、一所懸命向き合っていこう。

完熟フルーツがぎっしり入ったミルフィーユを頬張るように、小手鞠さんのお手紙を読みました。そして、私に届けてくださった『うさぎのマリーのフルーツパーラー』も！小手鞠さんの〝生き物愛〟溢れる文章と、萌さんの色彩の魔法に、私も、私の息子もすっかり虜になりましたよ。

これからも、「食いしん坊バンザイ！」な気分で、美味しいご褒美を楽しみに、仕事をしていきたいと思います。

そう、私の敬愛するシゴトモである小手鞠さんとも初めてお会いした時には、まさかこのような形で本をいっしょに書かせていただくことになるとは、夢にも思いませんでした。

当時の私が今の私を覗いたら、「えーーーー！」と腰を抜かすでしょう。

さて、美味しいデザートでお腹いっぱいになったところで、質問があります。

小手鞠さんは、毎月のように新たな作品を世に送り出されていますが、「心身共に健やかさを保ちながら、上質なアウトプットを量産するコツ」というのはあるのでしょうか？また、コンスタントに気持ちよく仕事を続けるための、ペース配分の仕方、スケジュールの組み方に、小手鞠流のルールはありますか？

世の中の流れとしても、これからは定年など関係なく長く働き続ける時代になるといわれていて、個人が自分の責任でセルフメンテナンスをしていく技能はもっと求められるようになると思います。

いつまでも瑞々しい感覚で仕事を楽しむための、心の持ち方、あるいは生活のスキルとして、小手鞠さんが実践されていることを教えてくださいませんか。

私はというと……、年末年始をいかにもさわやかな気持ちで迎えたかのような文面でこの手紙を始めましたが、現実はもうバタバタでした！

年末年始やゴールデンウィークのような長期休暇の前後は、印刷所の休みに合わせてスケジュールがとってもタイトに。出版業界のあちこちから悲鳴が上がります。

例に漏れず私も大晦日まで原稿を抱え、なんとか除夜の鐘に滑り込んだという具合でした。

以前も書きましたが、仕事量の調整は、フリーランスの立場になってよりシビアに感じている課題です。

ありがたいことに楽しんで取り組める仕事に恵まれているのですが、思い立ったらすぐにアポイントメントを入れようとしてしまうのが悪い癖で、自分のキャパシティー以上に締め切りに追われ……。「もっと余裕をもって仕事を入れるべきだったでしょう！」と数ヶ月前の自分自身を恨むのはよくあること。

かといって、のんびりと受け身でいると、いつの間にか仕事がなくなるのがフリーランスという立場のリスキーな部分です。

気づけばつい仕事の約束を入れ過ぎてしまうのですが、「今月は働き過ぎだから、来月は少し担当を減らしなさい」と業務管理をしてくれる上司はいません。手帳をにらみながら、自分で適切な仕事量を調整することの難しさをいまだに感じることがあります。

小手鞠さんは生まれながらの作家でいらっしゃる上に「三度のご飯よりも、働くことが好き」とのこと。たしか、パートナーのグレンさんも「君は暇な時よりも、仕事が忙し過ぎるくらいの時の方が機嫌がいいから、旅先に仕事を持ち込むのは大歓迎だよ」とおっしゃるのだとか。決してお世辞ではなく、お会いするたびに若返って見える小手鞠さんはきっと「仕事を食べてエネルギーにする」タイプだと思っています。
とはいえ、とはいえ。一つひとつは大好きで打ち込める仕事でも、オーバーワークになると、どうしても消耗するものではないかと思います。そして何より、好きな仕事を長く続けるには、心も体もヘルシーであることが絶対条件であるはずです。

四十歳という年齢を迎えて、健康についても以前より気になるようになりました。幸いにも、今のところ大きな病気にはかかっていませんが、「あの人がまさか」という報せを聞くことも少なくありません。

女性には加齢に伴う不調、更年期障害の問題もありますよね。
少し前にある大企業の女性管理職グループにインタビューしたところ、「女性はリーダーシップを担う時期と更年期障害に悩む時期が重なることが大問題」というお話がありました。

実際、とても優秀な女性が部長職になって数カ月経った頃に、立っていられないほどのめまい、ホットフラッシュ（のぼせ）、無気力感に襲われ、役職の機能を果たせなくなったということがあったそうです。

彼女の場合は職場の理解を得て、一定期間だけ短時間勤務にしてもらい、そのあいだに相性のいい漢方医に出会ったことで快方に向かったそうですが、これから女性管理職を増やそうとしている日本では同じようなことが頻発すると思います。

そういえば、小手鞠さんには更年期障害と感じる身体症状はなかった（！）ということでしたが、気持ちの面でも変化はなかったでしょうか？

実は最近、私が小手鞠さんと手紙のやりとりをしていることを知った知人から、こんな手紙を預かったのです。

小手鞠るい様

はじめまして
突然のお手紙を失礼します。
いきなり失礼ながら、私を助けてくださいませんか。
最近、急に、淋しさを感じたり、虚無感に襲われるようになったのです。
申し遅れましたが、私の名前は芙美といいます。林芙美子さんと同じ字を書く「芙美」という名前を気に入っています。

年齢は四十八歳。東京で広告の仕事をしていて、ひとりで暮らしています。

新卒で入ったのはメーカーでした。まだ、女性の総合職の採用人数も少ない環境で男性社会でがんばることに限界を感じて、三十歳手前で異業種転職。実力主義の小さな広告会社は私の肌に合い、仕事三昧で今日まで来ました。インターネット広告を早くから手掛けていたことで会社は急成長し、私の仕事もどんどん広がっていきました。

私が選んできた道を後悔したことはありません。仕事はずっと楽しめるものでしたから。

毎週のように立ち合いがある撮影では、旬のクリエイターと現場の空気を分かち合って、たまにヒット作をつくれたら、世の中をちょっと変えられたような気分になれます。手痛い失敗も時にありましたが、それを乗り越える高揚感も含めて仕事が好きなのです。

すべて、私自身が選んできた生き方です。

三十五歳の時に、家賃が高い都心のマンションを買って引っ越したのも、できるだけ仕事に穴をあけたくなかったからです。

母が大手術をした日も、仕事を優先しました。

お見合いも断り続けて、とうの昔にお話も来なくなりました。


全身で没頭できる好きな仕事。

とても充実していたはずなのに、ここ数ヶ月のあいだに、私の心は突然、不安定で頼りなくなってしまったのです。


自信を持ってやってきたはずの自分の仕事に対して、「これでいいのだろうか」と不安を感じたり、ときどき、すべてを投げ出したくなってしまいます。

私のやってきたことは、もうとっくに古臭くなってしまい、若い人から笑われているんじゃないか。私は必要とされていないんじゃないか。誰に何を言われたわけではないのですが、漠然とした不安が何度も何度も押し寄せてくるのです。

職場では十人ほどをまとめる立場となって三年ほど。長く勤めてきた会社にも愛着を感じますし、昔の自分を見ているような部下たちも可愛い存在です。でも、会社としての方針と、彼・彼女たちの要望をかなえてあげたいという気持ちの板挟みで無力感に打ちひしがれる日も多くなりました。

以前はもっと、数字に追われることのプレッシャーを楽しめたはずなのに、重圧にしか感じられないこともあって……。お恥ずかしいことに、最近、記憶力や集中力もとんと落ちてしまったことを自覚しています。

たとえるなら、とても美しい海の中を気持ちよく泳いでいたはずなのに、突然その海の水が濁ったゼリーのように重みを持ち、もがいてももがいても前に進まず、浮くことさえできなくなってしまったかのような。

目の前の風景は何も変わらないのに、それを以前よりも美しいと思えなくなったのです。

そんな自分が情けなくて、無性に涙が出ます。


すっかり気力を失ってしまった私を、上司は心配しているようで、「これまで忙し過ぎたんだろう。少し休みをとったらどうか」と言われました。

でも、いっしょにバカンスを楽しんでくれる友人も思いつきません。

私はあまりにも仕事を優先してしまい過ぎたのでしょうか？

通勤中に聴いていたラジオから、誰かが「五十歳を迎える前後に、女性は精神的に不安定になることが多い」と言っているのが聞こえてきました。

もしそれが本当だとしたら、皆さんはどう乗り越えているのでしょうか。

アメリカは日本よりも要職に就く女性が多いと聞きますし、そのアメリカで長く暮らし、女性の生き方を見つめた作品もたくさん書かれ、そしてご自身もその年齢を通過した小手鞠さんでしたら、何かヒントをご存知ではないかと思い、筆をとりました。

不躾な手紙をお許しください。

できればもう一度思い切り、私が知っている美しい海を泳げるようになりたいのです。

芙美

芙美さんは今のところ病院にはかかっていないそうですが、私が以前勤めていた会社でも、とてもハツラツと仕事をしていた女性が突然、四十代後半〜五十代にかけて体調不良で休職するという例がありました。

健康問題は若いからといって安心できるものでもなく、著名な女性人気アナウンサーが、がん闘病の末、幼子を残して三十代の若さでこの世を去ってしまったという報道には、同世代の女性たちがショックを受けました。

私が最近よくいっしょに仕事をしている同年代の女性も、人知れず病と闘い、誰にも言わずに子宮の一部を切除する手術をしたという人がいます。

彼女とはよく「命を削るに値する仕事をしていきたいね」と話しています。命を削るというとネガティブに聞こえるかもしれませんが、「与えられた大切な時間を使って後悔しない仕事をしよう」という意味です。私のこの考えは、八月に書いたお手紙にも書きましたね。

仕事を長く続けるために、いかに心身をメンテナンスしていくか。すごく大事なテーマだと思っています。

大先輩のシゴトモ、小手鞠さんからぜひ教わってみたいです。

望月衿子

望月衿子様

遅くなってしまいましたが、明けましておめでとうございます。

大晦日まで原稿を抱えて、除夜の鐘に滑り込んだという衿子さん、年末進行は本当に大変だったことと思います。お疲れさまでした。

私はとっても元気で、雪の森で静かに健やかな新年を迎えました、と、書きたいところなのですが、実はその反対。私にしては珍しく、年末年始は寝込んでおりました。昨年、長編小説の初校ゲラを見終えた段階で高熱を出して倒れていたのですが、その後、再校ゲラを見終えたとたん、今度は帯状疱疹にかかってしまったの。

自分ではストレスなんて感じていなかったつもりなのですが、ゲラ作業に相当な神経を使っていたものと思われます。

原稿の段階から、何度も手を入れていたはずなのに、直しても、直しても、きりがないんですね。細かいところから大きなところまで、どれだけ直せば気が済むの？　と、自分でもあきれてしまうくらい推敲と改稿を重ねて、ついに脳みそがオーバーヒートしたのでしょう。これが初校ゲラの直後の高熱の原因でした。

再校ゲラではそうならないように、毎日のノルマを極端に少なくして、ゆっくりじっくりじわじわ、言葉との格闘を楽しみながら取り組みました。ああ、日本語の文章って難しい。直しても直しても直し足りない、って思うのはやめにして、日本語の文章ってなんて奥が深いの、なんて魅力的なの、直せば直すほどよくなるのね、と、自分に言い聞かせながら。

それでもやっぱり体が悲鳴を上げて、帯状疱疹に。

これは初体験だったのですが、とにかく痛いのなんのって。私の場合、右の太ももにできたのですが、足の痛みのあまり、夜、まったく眠れない。すると翌朝は睡眠不足で頭が働かなくなり……。

帯状疱疹が治ったあとも、毎日の仕事量については「可能な限り少なく」を心がけています。「もっと書きたい」「まだ書ける」と思っていても、その日はきっぱり終わりにして、その書きたい気持ちを次の日に持ち込んで、大いに満足させてやるようにしています。その分、余暇を楽しむ。たとえば、パンづくり、ガーデニング、散歩などをして。原稿を書く時間よりも、本を読む時間が上回るようにする。すこやかな文章を楽しく書くためには、とにかく読書を楽しむことが大切だとわかっているから。

ここまで書いて、「あっ」と思いました。

いつのまにか、衿子さんから今回いただいたいくつかの質問「心身共に健やかさを保ちながら、上質なアウトプットを量産するコツ」「いつまでも瑞々しい感覚で仕事を楽しむための心の持ち方、あるいは生活のスキル」に対するお返事になってきているではありませんか。


お返事の本題に入ります。

私のセルフメンテナンスの方法について。

それは、ずばり、運動です。

週に五日、雨の日も雪の日も欠かさず、一時間ほどランニングをしています。残りの二日は登山か長い散歩。とにかく、運動をしない日はない、という生活。

ランニングを始めたのはアメリカに来てから、つまり、三十代の後半から。

日本に住んでいた頃は、運動なんて全然していなかったのですが、ご存じの通り、アメリカは車社会なので、意識的に運動しないと、たちまち運動不足に陥って体重が増えていくの。体重が増えると、当然のことながら、体が重くなるわけですが、そのうち「重い」が、「重苦しい」と感じられるようになってくる。重いのは体だけじゃなくて、心までも。

渡米後、あっというまに太ってしまったので、これはまずいと思って、家の敷地内を五百メートルくらい走るところから始めて、少しずつ距離をのばしていきました。

最初は苦しいだけだったランニングが、一年くらい経った頃かな、「楽しいな」「体も心も軽いな」と思えるようになってきて、今では「走らないと、落ち着かない」と思えるほど、一種の癖みたいなものになっています。

ランニングの効果がはっきりと自覚できるようになったのは、走り始めて五年後くらいからだったかな。

私は根っからの悲観主義者で、なんでもネガティブに考えるたちだし、小さなことをくよくよ気にして、いつまでもうじうじ悩んでいるし、人からどう思われるかをひどく気にする小心者なのですが、この性格が少しずつ、本当に少しずつですが、変化していくのがわかったの。それまでの長きにわたって、なんとかして弱い心を強くしたくて、哲学書をひもといたり、仏教思想を勉強したり、セルフヘルプの本を読みあさったりしていたんだけど、かんばしい効果はなかったというのに。

ランニングにはきっと、運動効果だけではなくて、瞑想効果もあるのでしょうね。走ることによって、さまざまな雑念が消え、心がすっきりしてきます。心がすっきりしていれば、判断も決断も的確にできるようになるし、何が自分にとって大切なのか、優先するべきこともくっきり見えてきます。ちょっとやそっとのことでは、気持ちが揺れ動かなくなる。心が強くなる。心が強くなればなるほど、いい仕事ができます。何よりもそのことが嬉しかったです。

強い心というのは、強靭であるというだけではなくて、柔軟であり、寛容であり、平静であるということなのですね。

仕事上、なんらかのトラブルなり、悩みなりが発生すると、私は自分に命令します。「さあ、まずは仕事部屋を出て、走ってきなさい」と。そして、森へ走りに行きます。思い切り走って、息を切らして家に戻ってくると「なぁんだ、大したこと、ないじゃない」と気持ちが軽くなり、「そうだ、こうすれば解決できるかも」などと解決策まで見えてくる。しめたものです。

だからといって、人にランニングをすすめようとは思っていません。

それぞれの人に、その人にいちばん合ったやり方があると思います。でも、運動はおすすめします。単に健康やダイエットのためではなくて、体の声に耳を傾け、心を鍛える時間としての運動を。しかもそれを、意識的にする。これがポイントなのではないかと思います。

そういえば、少し前に「私には更年期障害はなかったの」とお伝えしましたが、更年期障害の症状を感じる暇もないほど仕事が忙しかったことに加えて、毎日のランニングが功を奏していたのではないかと自分では分析しています。

さて、ここからは、芙美さんへのお返事を。

もしかしたら、更年期障害も影響しているのかな、と、思えるようなお手紙でしたね。

＊＊＊

芙美さんへ

お手紙を拝読し、私は今、胸を詰まらせています。

一行、一行に、芙美さんの苦しみ、葛藤、不安が滲み出ているようで、そして、かつての私の叫び声――どうして私って、こんなに駄目な人間なの！――を聞いているようでもあり、居ても立ってもいられない気持ちになりました。

うまくお返事が書けるかどうかわかりませんが、今の芙美さんに贈りたい言葉を、思いつくままに書いてみますね。乱筆乱文をお許し下さい。

芙美さん、今のあなたのその不安、淋しさ、虚無感、無力感でさえも、肯定的にとらえて、不安も無力感も悩みも十把一からげにして「強み」に変えて下さい。

そう、弱みを強みに変えてしまうのです。

変換キーを叩くようにして、一発で。

そんなことできない、って、今、思ったでしょう？

違うんです。できるんです、実は。

芙美さんが「できない」と思っているから、できないだけのことで、本当はできるの。あなたが泳いでいる海を、泥の海にするのも、美しい海にするのも、それは芙美さんの力でできることなの。私にもできたんだから、芙美さんにできないはずはない。

私は若い頃から自己嫌悪と劣等感のかたまりで、会社に入ってもまわりの人とうまく協調していくことができず、小説の新人賞をいただいたあとも、小説家として生計を立てていけるようにはなれなくて、ずっとずっと「これでいいのだろうか」と自分を責め続けてきました。

今の芙美さんとまるで同じでしょ？

でもね、五十代の半ばくらいになってやっと、この私のこの劣等感、自己嫌悪、小さなことをくよくよ気にして、うじうじ悩んでいる性格そのものが、小説を書いていく上で、非常に役に立っている、なくてはならない私の武器なんだ、と、気づくことができたの。

つまり、私の弱みは全部、私の強みであり、頼りになる武器であったということ。たとえば私には、書くこと以外に得意なことも好きなこともない。これを弱みと考えるか、強みと考えるか。今の私はもちろん、私の強みだと考えています。「あれもこれもできる」よりも「それしかできない」の方が絶対に強い。

言ってしまえば、苦節十二年、それがそのまま私の武器になり、財産になっているというわけです。

かくいう私だって、今でも悩みはたくさん抱えています。不安も葛藤も、それはもう、泉が湧いてくるかのごとく。この悩みを「深刻な悩み」としてネガティブにとらえるか、「私の武器」としてポジティブにとらえるか、それを決めるのは、私。

私には常に決定権があるのです。しかも絶大かつ不可侵の決定権が。

芙美さんは、こう書いていますね。「目の前の風景は何も変わらないのに、それを以前よりも美しいと思えなくなったのです」――。

なぜでしょうか？

この文の主語は、誰なのでしょう？

芙美さんですね？

そうなんです。芙美さんを取り巻く風景も、目の前の風景も、何も変わっていないのに、芙美さんがそれを美しいと思えなくなっているから、美しい海も消えてしまっている。芙美さんが「美しい」と思えば、海は美しくなる。言いかえると、芙美さんが「自分の人生は美しい」と思うだけで、あなたの人生は美しくなる。さらに言いかえると、芙美さんを幸せにできるのは、芙美さんしかいない。

幸せというものは、外からやってくるものではなく、誰かから与えられるものでもなく、あなた自身があなたの内面で幸せを創造し、その幸せを自覚できるかどうかにかかっているのです。

言うまでもないことですが、仕事というのは、人生というのは、小さな経験の積み重ねです。今の芙美さんに必要なのは、ご自身のこれまでの経験を、失敗もふくめて例外なく、全面肯定してあげること。これまでの積み重ねがあってこそ、今の自分があるのだと、自分で自分を高く評価してあげること。それでもなお、漠然とした不安が押し寄せてくるようであれば「この不安こそ、私の強い味方。これは私の将来の武器になるんだ」と、おまじないを唱えて下さい。すみません、なんだか古くさい方法ですが。

ちなみにアメリカでは「六十代は黄金の年代」と呼ばれています。

知力、気力、体力のバランスがもっとも取れていて、それまでの経験と知恵によって黄金のピラミッド――金字塔――ができあがる年代なのです。

芙美さんは今、黄金のピラミッドの最後の斜面にさしかかっています。

四十八歳だった私は、ピラミッドの裾の方で足を滑らせてばかりだったというのに、芙美さんは順調に堅実に上の方まで登ってきたのです。

あと十年で頂点。そこから見える海が、美しくないはずはありません。

最後にもう一度、くり返しになりますが、芙美さん、あなたの弱みを強みに変換できるのは、あなた自身の指だけなのです。

＊＊＊

小手鞠るい

衿子さん、芙美さんへのお返事を書く前に、いつもより長く走ってきました。芙美さんに「強い言葉」を贈りたかったからです。

果たして、ランニングの効果は、あったでしょうか？

二月の往復書簡

家族や自身の老いと仕事のゴール

小手鞠るい様

ただいま！

今、朝の散歩から帰ってきて、シャワーを浴び、パソコンを開きました。

真冬の朝の空気は、キリッと冷たくて目覚ましに最適。日本海側にある私の故郷に比べると、東京で過ごす冬は青空の快晴が多くて、とっても気持ちがいいんです。

小手鞠さんからいただいたお手紙を読んだ時、なんだか私までウッドストックの森の中を走っているような爽快な気分になって、すぐに家を飛び出したくなりました。

あのお手紙をいただいて以来、(私は怠け者なので、体調がよくて天気もいい日限定ですが) 朝の少しの時間を使って、家の近くにある小さな森の公園まで体を動かしに行くようになったんですよ。

走ったり、歩いたり、止まって手足をイチニ！　と伸ばしたり。そのあいだ、自分の呼吸のリズムや鼓動、体中の筋肉が誠実に動き続けてくれている様子が、内側から感じられます。

「自分の体を整える」ための時間を持つことが、今の私にどれだけ足りていなかったのか、実感している最中です。

そして、こういった時間を意識的に持つようにすることが、「長く仕事を続けるためのコツ」であることを小手鞠さんから教えていただきました。


小手鞠さんが走り始めて五年後に気づいたという効果が、身体面ではなく、〝思考〟の面にあったという点も意外でした。

心がスッキリと整うことで、的確な判断力、忍耐力、持続力が鍛えられていき、作品を書き進める上での言葉の選択の精度も磨かれていくのだと。

体のどこかに「心の中身を映し出す水」が入った瓶があるとしたら、走るという動的行為が瓶の水を振動させて撹拌し、遠心力のようなもので不純物を沈ませて、水の純度を高めてくれる。そんなイメージが浮かびました。

お会いしてから十年ほど、いつお会いしても、朗らかで穏やかな〝安定〟した印象を小手鞠さんから受け取るのは、そういった日々の努力が多分にあるのだと納得しました。印象の安定感がある人は、相手を安心させ、信頼を集めやすいのではないかと思います。人と関係を築きながら仕事を続けていく上で大事なことですよね。

そして、冒頭に書いてくださっていた年末の帯状疱疹！

眠れないほどの痛みとは、さぞおつらかったでしょうね。原因は、大量のゲラと格闘されたストレスだったとのこと。快復されたということで何よりですが、小手鞠さんほどのキャリアのある方であっても、「格闘」はまだまだあるのだということに、失礼ながら、私はなんだか少し安心しました。

「経験を重ねれば、葛藤や迷いなどなく余裕綽々で仕事をこなせるようになる」ということはないのですね。しかも、きっと小手鞠さんはその格闘も含めて仕事を楽しんでいらっしゃる。乗り越える達成感を、何度も何度も味わって、いつでも新鮮な気持ちで作品に挑んでいらっしゃるのだと。

小手鞠さんがきっとこれからも変わらぬ気持ちで、ご自身の可能性を広げていかれるのだろうということを信じられます。

私はときどき、ふと怖くなるのです。

今はすごく楽しい。人に恵まれ、心から楽しいと思える仕事に向き合えて、ちょっとした苦労も含めて達成感を味わいながら、「またがんばろう」と背筋を伸ばせる日常を送れていることは、本当にありがたいことです。

でも、これはいつまで続くのか？　同業でも、ほかの職業でも、先輩方の姿を見ていると、「いつまでも仕事を楽しんでいられる人」とそうではない人に分かれるように思います。それも、働き盛りといわれる四十代以降くらいから、なんとなく生き方が分かれていくような。

それはもちろん業界全体に吹き荒れる異変ですとか、想定外の異動や家庭の事情など、個人ではいかんともしがたい背景があってのこともあると思います。でも、その人自身の心の持ちようが明らかに変化する様子も、何度も目にしてきました。

「昔は楽しかったんだけどね。飽きちゃったのかな。今は前みたいな気持ちにはなれなくって。もう私は引退する時期なのよ」

あきらめてしまう人と、いつまでも夢や目標をしっかりとつかんで離さず、むしろエンジンの出力を上げながら走り続けていく人。

小手鞠さんは明らかに後者のタイプです。いつまでも飽きることなく、新鮮な気持ちで仕事に挑むために、どんな努力をなさっていますか？　以前も書いてくださった「遅咲きの果実」がもたらすものなのでしょうか？

なぜあらためて聞くのかというと、日本では今、「人生一〇〇年時代」という言葉が盛んにいわれているからです。

少子高齢化と長寿化が進む日本では、定年延長がますます進み、八十代まで働くことが当たり前になるだろうと言われています。そしてこの話題になった時に、「そんなに長く働きたくない」という声が少なからず挙がるのです。

つまり、「働くモチベーションの維持」がこれから先、とても大きなテーマになっていくと感じています。

私が手紙を預かった芙美さんに返してくださった、「自分が泳ぐ海を美しくできるのは自分だけ」という力強いメッセージには、私の胸も震えました。

弱みを強みに捉え直す視点。自分の人生を「美しい」と思える主体は自分しかいないという、揺るぎない真実。そして、「六十代は黄金の年代」という希望。これから先、私もずっと持ち続けたいと思います。

芙美さんからの感謝の手紙を預かっていますので、今度あらためて送りますね。

さて、人生一〇〇年時代です。芙美さんのような女性特有の更年期症状とも重なるモチベーション低下に加え、これからは「五十年、六十年と働き続けることへの意欲」の問題を抱える人は多くなるでしょう。

特に、結婚・出産を機に一度キャリアを辞め、「子どもの教育費のために」という動機で仕事を再開した女性の場合は、子育てが落ち着いた頃に「働く理由」が見当たらなくなってしまうこともあるようです。

まだまだ、「家計の大黒柱は夫が担う」という考え方は根強く、日本のビジネス社会のマジョリティーは男性であり、性差ゆえの女性が居心地の悪さを感じる場面は少なからずあるのは事実。女性が〝働かなくていい理由〟のほうが簡単に見つけやすいのです。

それでもなお、女性はなぜ働くのか。それも、なぜ長く働くほうがいいのか。

この問いに対する小手鞠さんの答えは、これまでの手紙の中でもすでにいくつかいただけているようが気がしていますが、あらためて、お感じになることはありますか？　もしあれば、教えてください。

私自身はというと、実は少し楽観的に、将来を楽しみに考えているかもしれません。

というのは、周りには働く女性がどんどん増えていて、彼女たちの声が大きくなっている変化を感じるからです。

保育園の待機児童問題が新聞の一面を飾るようになったのは、明らかにメディアの重職に女性が就くようになったからと思っています。一昔前だと、編集会議で「ふーん、子どもを預けられないなら仕事を辞めればいいんじゃないの」と軽く扱われていたニュースが、「いいえ、それでは困るし、大きな社会的損失です」と反論して机上に上げ直す人が増えてきた。公共サービスや家電のような消費財にも、そのつくり手側にいる女性の存在感をリアルに感じられることが年々増えているように感じます。

メディアや企業を構成する人たちに女性が増えるごとに、彼女たちの社会へのインパクトは増していく。その明らかな変化は、そのまま彼女たちのやりがいそのものになっていくんだろうなと思うのです。

いかが思われますか？

あるいは、女性という性を超えて、「老い」と「働く」の関係について、どんなふうに感じていらっしゃるか。一生続ける仕事にゴールはあるのか。小手鞠さんの考えを聞いてみたいです。

一年間の約束で始めた手紙の往復も、今月で最後になりますね。淋しい気持ちもありますが、十二ヶ月間の往復書簡を通じて、小手鞠さんの愛情が詰まった言葉をたっぷりといただき、私は満たされた思いでいます。

そして、この手紙を通じて小手鞠さんがお伝えなさっていたことは、私だけでなく、多くの〝妹たち〟に向けたものであったことも、都度感じ取ってきました。

妹たちを代表して御礼を言わせて下さい。

小手鞠るいさん、ありがとうございました。


最後に、もうひとつだけ質問です。

小手鞠さんは「与える人」、「贈る人」です。この手紙のやり取りも、これが本になることも、すべて私が小手鞠さんから与えられた贈り物だと思っています。小手鞠さんは児童書などほかの作品でも、若い人と組んでいらっしゃることが多いですよね。

なぜ小手鞠さんは与えるのですか。そして、与え方にもいろいろある中で、どんな与え方を選ぼうとされてきたのですか。

どうして、この本を私といっしょにつくろうと思ってくださったのでしょうか。

私も将来、与えられる人になりたいと目標にしています。それが素敵な大人の姿だと思うからです。

ヒントがあれば、ぜひ教えてください。


最後と言ったはずなのに、なかなか筆を擱《お》けず、もうひとつだけ聞かせてください。

これまでの話題とまったく違いますが、ずっと聞いてみたかった質問を思い出したのです。それは、「旅」について。

小手鞠さんは旅がお好きで、この一年間を振り返っても何度か旅をなさっていましたね。ギリシャから送られてきたポストカードのような写真、最高でした。

いつかの会話の中で、小手鞠さんは旅の思い出を楽しく語られながら、「人生は旅のようなものだから」とおっしゃったこと、覚えていますか？

その時はじっくりと聞けませんでしたが、ずっとこの真意を聞きたいと思っていました。

旅の効用。もしかして、私たちが長く楽しく働き続けるための術ともつながりますか？

私はまだ海外の長旅もそれほどしたことがないので、旅の醍醐味と人生とを結びつけられていません。でも、それを知ることができたら、もっともっと人生を楽しめるんだろうなと想像しながら、旅上手な人にあこがれているのです。

旅の達人であり、人生の大先輩である小手鞠さんにぜひ聞いてみたいと思いました。

では、今度こそ、筆を擱きます。

いつの日か、私が思い切った旅をしようと心に決めた時には、この十二往復分の手紙をきれいに束ねて、トランクの奥に詰めてから出発します。

小手鞠さんも終わりなき人生の旅を楽しんでくださいね。いつまでも私たちを驚かせ、感動させてください。

またお会いできる日まで。

望月衿子

望月怜子様

お帰りなさい！

二月のお返事は、この言葉から始めなくてはなりませんね。

怜子さんが深呼吸してきた公園と、東京の冬の青空を思い浮かべながら、最後のお返事を書き始めました。

怜子さんの四十歳のお誕生日に始めたこの文通、あれからもう、一年が過ぎようとしているのですね。来月また巡ってくるお誕生日にも「お帰りなさい」を言いましょうか。同時に「行ってらっしゃい」も言いましょうね。

四十歳という一年、怜子さんはどんな旅をしましたか。

そして、四十一歳、怜子さんはどんな旅をするのでしょう。

人生は旅のようなものだから、と、かつて私は怜子さんに言ったことがあったのですね。自分でも忘れてしまっていましたが、怜子さんのおかげで思い出すことができました。人生一〇〇年時代。『LIFE《ライフ》 SHIFT《シフト》』の著者リンダ・グラットンとアンドリュー・スコットの説を借りれば、私たちは生まれてから百年、人生の旅を続けることになるのですね。

というわけで、最終回のメインテーマは「旅の効用」について。

改めて数を数えたことはないのですが、二十二歳の時、初めての海外旅行でパリとウィーンへ行って以来、ヨーロッパ、トルコ、モロッコ、東南アジア、中南米、オーストラリアなどなど、かなり多くの国々を旅してきました。

今でも、年に一度は長期間、どこかへ出かけているから、おそらく四十カ国以上は訪ねたことがあるんじゃないかと思います。

中でも強く印象に残っているのは、インドです。

以前、どこかの月のお返事にも書きましたが、三十代になる直前に、インドを四ヶ月ほど、所持金がなくなるまで歩き回りました。

旅に出る前に、それまで掛け持ちで働いていた学習塾と書店を辞め、住所不定無職の状態になって、日本を出ていったのです。

今、思えば、よくもあんなに大胆なことができたものだとあきれてしまいますが、若気の至り、と言ってしまえばそれまでのことでしょうか。

毎晩、安宿の寝台の上に残りのお金を広げて数えながら「あと何日、インドにいられるだろうか」って、計算していました。どこからどう見ても、貧乏旅行。

この旅が私に与えてくれた影響は、途方もなく大きかったです。大げさに聞こえるかもしれないけれど、自己改革というか、自己改造というか、そういうものができた旅だったと分析しています。

長い話をごく短くまとめると、それまでの私は、物質主義者というか、消費主義者というか、要は、たくさんお金を儲けて、儲けたお金で欲しいものをいっぱい買って、いろんな贅沢をすること、そういう生活を、豊かな暮らしだと思っていた節があります。折しも当時の日本は、バブル経済と呼ばれる金ピカな時代。幸せはお金で買えるんだ、儲けた人が偉い、というような価値観がまかり通っていたのです。そんな時代に、ピーナッツを買うと、子どもの答案用紙を再利用してつくった紙袋に入れて渡してくれる、というような国を旅したわけです。

それまでの価値観をガツーンと叩き割られたような気がしました。

身にまとっているもの、所有している物、つまりお金で買えるものではないものが、私を幸せにしてくれるに違いないと、教えてくれたのがインドであり、身をもって知ったのがインドだったのです。

そうして、私なりに一生懸命、考えてみたのです。

これからの人生、どうやって、何をして生きていこうか、と。どういうふうに生きれば、私の人生は豊かなものになるのか。お金では買えない幸せを、心の底から感じることができるのか。当時の日本から遠く離れた――距離の遠さではなく――インドという世界には、考える時間だけはたっぷりありました。

私にとって、幸せってなんだろう、と、考えた時、答えはわかり切っていたの。私を幸せにしてくれるもの、それは仕事。私のやりたい仕事、それは書くこと。

もちろん、それまでもずっと、小説家になりたい、と思ってきました。思ってきましたが、それはあくまでもあこがれであり、夢でしかなかった。その「夢」が、はっきり「目標」に変わったのが、今にして思えばインドだったような気がします。

頭ではわかっていても、なかなか実行に踏み切れなかった「書く仕事」に向かって、実質的な第一歩を踏み出したのは、インド旅行中でした。実行に移そうと決意したその日に、町の文房具屋さんでぶあついノートを買ってきて、そこに、インド旅行記を書き始めたの。日本に戻ったら、旅行記をまとめ上げて、なんらかの賞に応募しようと考えていました。実際に応募して、結果は、見事に落選でしたけれど。

そして、もう一カ国。

なくてはならない国。なくてはならなかった旅先。

衿子さんのお手紙に「働き盛りといわれる四十代以降くらいから、なんとなく生き方が分かれていくような」と書かれていましたが、これはまさに、私の人生にも言えることだったなと思いました。私の場合、三十六歳が、大きな分岐点。

そう、私の人生になくてはならない旅先だった「もう一カ国」との出会い。

アメリカです。

え？　アメリカは旅先じゃないでしょ？　住んでるんでしょ？　って、今、衿子さんは思ったことでしょう。

でもね、実はアメリカは私にとって、母国ではない。

あくまでも旅先なんです。旅先に定住してしまった、というか、旅人だけど、アメリカの好意と善意によって住ませてもらっている、とでも言えばいいのか。

かれこれ二十七年も住んでいますが、今でもなんとなく腰掛け気分で、旅人気分もまったく抜けていないんです。かといって、日本へ戻って定住することはないだろうと思うので、あなたの居住国は？　と訊かれたら、「アメリカと日本のちょうどまんなか」とでも答えるしかありません。私は太平洋に浮かぶ無人島の住人で、国籍不明のアジア人女性です、なんてね。

日本もアメリカも同じくらい好きですが、そのどちらにも属することなく生きる、というのが、私の選んだ人生後半の生き方です。

なんて言うと、まるで最初からそういう意志があったかのように聞こえるかもしれないけれど、そんなことは全然なくて、学校でも会社でもグループでも団体でもなんでも、とにかく「何かに属する」というのが、子どものころから非常に苦手だった私にとって、これはごく自然な成り行きだったかもしれないなと思っています。

ここからは、自然な成り行きで、衿子さんから発信された、とても大きな問いかけ「なぜ小手鞠さんは与えるのですか」の答えになっていきます。

まずは「与える人」「贈る人」という称号を衿子さんから与えられて、身も心も縮まるほど恐縮しておりますが——なぜか、ここは謙譲語で——、でも、すごく嬉しかったです。「与える人」かどうかはわからないけれど、「贈る人」の方は、素直に受け止めることができます。昔から、贈り物をされるよりも、する方が何倍も好きだったし、今でもやっぱりそう。

優しいから、とか、気前がいいから、とかではなくて、たぶん、人が喜んでいる顔を見るのが大好き、ってことなんだと思います。

児童書の仕事も、その乗りで、嬉々として引き受けています。

子どもたちに喜んでもらいたい、子どもたちの喜ぶ顔が見たい。

仕事の基本は「喜び」ではないかと、このごろの私はよくそう思います。

原稿を書くことが私の喜びで、書いた原稿を読んで喜んでくれる人の顔を見るのが、想像するのが、私の喜びです。人を喜ばせることが、自分を喜ばせてくれる。こんなにも幸せなことがほかにあるでしょうか。

衿子さんが書いていた「老い」と「働く」の関係、そして、「一生続ける仕事にゴールはあるのか」に対する、これが答えです。

ゴールはありません。

でも、ゴールは毎日、ここに、あります。毎日、贈り物をして、毎日、受け取ってくれた人の笑顔を受け取る。これがゴールです。仕事においては、日常こそが、ゴールなのです。「いつまでも飽きることなく、新鮮な気持ちで仕事に挑むために、どんな努力をなさっていますか?」の答えも、これです。毎日の小さな喜びの積み重ねを大切に。特別な努力なんて、する必要はないのです。ただ、毎日、目の前にある仕事をたんたんと、丁寧にこなしていく、笑顔で心をこめて。それだけでいいのです。

老いれば、老いるほど、仕事は楽しく、深い喜びに満ちたものになります。日々の喜びに加えて、喜びの記憶もまた、年輪のように積み重なっていくからです。私は死ぬまで仕事をし続け、人を喜ばせ続けたいと思います。それが私の喜びであり、私の幸せだからです。

私は老いを恐れていません。老いたからこそ、それゆえに、できる仕事があるはずです。それを発見する楽しみが待っています。

年齢を重ねてくると、「これだけは譲れない」と頑固になってくる面と、それとは逆に、「どうぞ、あなたのお好きなように」と柔軟になってくる面があるんだな、ということをこのごろの私は自覚しています。

要は、何が自分にとって大切なのか、が、鮮明に見えてくるようになっている、ということなのでしょう。

たとえば、あるパーティが予定されているとする。昔は「行きたくない、でも、行かなくちゃ駄目だろうな、行くべきだろうな」と思って、いやいやながらも参加して、疲れ果てて戻ってきていた。でも、このごろでは「行きたくない。家で本を読んでいる方がずっと有意義」と思って、即座に欠席の決断ができる。一見、簡単な決断のように見えるかもしれませんが、なかなかできないんですよね、これが。

たとえば、ある会社を辞めるかどうか。この人と結婚してもいいのかどうか。そういうことと、先のパーティの出欠の決定は、実はどちらも同じくらい簡単なことなのです。自分にとって何が大切なのか、が、わかっていれば。

歳を取れば取るほど、下らないことで悩んでいる時間が減ります。その時間を自分の好きなことに使えるようになってきます。毎日がますます楽しく、幸せになります。幸せな気分になれるから、ますますいい仕事ができます。

女性の加齢が「劣化」などと表現されているのを目にするたびに、なんて愚かな、なんて浅薄な考え方なんだろう、そんな考え方しかできないなんて、かわいそうだな、と同情します。だって、歳は誰でも取るものです。誰でも例外なく経験することを最初から否定的にとらえるなんて、そんな損な考え方はありませんよね。

さて、このあたりでそろそろ、最後の手紙の最後の一枚に差しかかってきたようです。衿子さんはずっと前に、私のウッドストックの森の暮らしを一冊の本にまとめられないだろうか、という提案をして下さいました。それからしばらく時間が経って、私の方から、どうせ書くなら、衿子さんといっしょに書きたい、ふたりで本をつくりましょう、とご提案したのでしたね。これを、私からの贈り物として受け取って下さった衿子さんに、改めて感謝します。

どうして、この本を衿子さんといっしょにつくりたいと思ったのか。

この答えもまた、私が無人島の住人であることと関係しているような気がします。衿子さんから、今の日本から海を越えて届くおたよりを読んで、アメリカと日本の境目で暮らしている私がお返事を書く、という文通の形に、私は惹かれたのだと思います。

あるいは、こうも言えるでしょうか。

衿子さんという「妹」、これからの日本の未来を担っている「働く女性たち」と、私は心ゆくまで話をしてみたかった。

想像していた通り、いえ、想像をはるかに超えて、楽しい会話になりました。本当に楽しかった。私の方こそ、何度、目から鱗が落ちたことか。何度も励まされて、ああ、これでいいんだ、よかったんだ、と思うことができたことか。

この一年、喜ばしいことばかりではもちろんなくて、手紙には書けなかったけれど、情けないこともいろいろあったし、私にあと足で砂をかけるようにして去っていった人もいたし、返事をしないことで「ノー」の意思表明をするという、私のいちばん嫌いなやり方で不条理な仕打ちをした人もいたし、だから、地団駄を踏んでくやしがり、夜も眠れない日があったり、「だから人間は嫌い」なんて思ったことも、一度や二度ではありません（笑←この「笑」が大事）。

それでもなお、ああ、いい一年だったな、ああ、いい人生だな、これなら百年続いてもいいなぁと、心底、私が思えるのは、衿子さんのようなシゴトモに恵まれているから。

私にとって、人生は旅だし、仕事もまた旅です。

一生をかけて旅をする。一生をかけて仕事をする。

そういえば前に「薪は二度、人をあたためる」という話をしましたが、「仕事と旅は三度、人をあたためてくれる」と、私は思っています。

仕事（旅）をする前。仕事（旅）をしている時。仕事（旅）が終わったあと。

この原理は、どんな仕事にも当てはまりますよね。

おそらく、誰の旅も仕事も完成することはなく、旅にも仕事にも終わりはなく、誰もがその途中で死んでいく。その旅の途上で、どれだけたくさんのことを成し遂げられたか、どれだけ多くのものを得られたか、ではなくて、どれだけたくさん、人を喜ばすことができたか、どれだけ多くの子どもたちを笑顔にできたか。

それが今の私の目標です。

死ぬ直前には、過去に出会ったすべての人たちの、笑顔を思い出すことができたらいいな。

旅はまだまだ続きます。

「さようなら」は言いません。

衿子さん、ありがとう！

四十一年目の旅へのはなむけとして、あなたのトランクの奥に詰める最後の一通をお贈りします。

「行ってらっしゃい、気をつけてね」

小手鞠るい

あとがき――お手紙、待ってます

アメリカで暮らしていて、いつも思うことがひとつある。

それはアメリカでは「女性の活躍」というのがあんまり、というか、ほとんど話題にならない、ということ。少なくとも、日本で話題になるような形ではならない。

それはなぜかというと、アメリカでは女性が一生、子どもがいようといまいと、働き続けるのが、空気みたいに当たり前になっているから。むしろ、仕事をしていない女性を探すのが難しい、というほどに。

そしてその仕事には、軍人や工事現場で働く肉体労働者など、日本では女性がなかなか就かない、あるいは、就けない職業も多々ふくまれている。

アメリカには女性警官はいない。女性管理職もいないし、女性社長もいない。全員が警察官であり、管理職であり、ただの社長なのだ。女性警官だからといって、仕事内容を男性と区別されることがない。従って、女性でも危険をともなう任務に就いている。

日本にも、そんな時代がもうじきやってくるのではないだろうか。そうなった時、つまり、日本で女性の活躍がまったく話題にならなくなった時こそ、真の意味での女性の時代が確立した、女性の活躍が日本社会を支える時代が到来した、と言えるのではないか。私はそう思っている。

あれは数年ほど前のことだったか。

日本帰国中に、ある社会学者の講演を聴きに行った時、彼女はやや唐突に話を終えると、最後にこんなことを言って演壇を降りていった。

「女性と仕事に関する話を私にさせたら、それは尽きることがありません。だからいつも私の講演は、このように途中でプツンと切れて終わります。当たり前です。女性たちが長い歴史の中で辛酸を舐めながら勝ち取ってきたこと、いまだ実現できていないことを、わずか一時間半ほどで、話せるわけがないからです。またどこかで続きをお話ししましょう。それまでのあいだ、ごきげんよう」

拍手をしながら、なるほどなぁと、私は納得した。

童話にも小説にも必ず終わりの場面がやってくる。映画も演劇もそうだろう。しかし、物語が終わったあとも、現実は続いていく。だから、「女性と仕事」をテーマに一年間、語り合った衿子さんとの文通にもまた、終わりはないのだな、と、この文章を書きながら思っている。

子どもの頃から、日記と手紙と作文が好きだった。それしか好きなものがなかった。要は「書くこと」だけが好きだった。そんな私が、衿子さんというペンパルに、心ゆくまで手紙を書き続けることのできたこの一年間は、この上もない至福の時間だった。

＊＊＊

衿子さんと私の一年間にわたる往復書簡集を企画し、女性の一生を四季になぞらえて構成し、一冊の本にまとめ上げていって下さった、本書の編集者、松本貴子さんの編集魂に、尽きせぬ感謝と敬意を捧げます。

そして、最後まで読んで下さったみなさん、ありがとう。

もしも私に手紙を書きたくなったら、いつでもご遠慮なくお書き下さい。

お返事は、必ず書かせていただきます。

最後におまけとして、あなたに小さな詩を贈ります。

失恋の悲しみや
不倫の苦しみに

打ちひしがれている友人から
相談を受けた時
わたしはこう答える
逃げるのよ、仕事に
涙をぬぐってただひたすらに
目の前にある仕事に打ち込んで
仕事は薬よ
どんな悩みにも効く万能の薬
仕事は駆け込み寺
いつでもあなたを匿ってくれる
仕事はあなたを
決して裏切らない

森の仕事部屋で小鳥たちの歌を聞きながら
小手鞠るい

小手鞠るい
Rui Kodemari

1956年生まれ。アメリカの東のほう在住。出版社の編集職、学習塾の講師、書店でのアルバイト、出版社の営業事務職などを経て、渡米後、小説家に。「書けるものならなんでも書く」をモットーにして書いている。手紙が大好き。恋愛小説、歴史小説、エッセイ集、児童書など多数。好きな動物はライオンとパンダ。

望月衿子
Eriko Mochizuki

1978年生まれ。東京の西のほう在住。出版社で雑誌編集を経て、独立。女性誌を中心に編集に携わった後、男女問わず、生き方や働き方をテーマに取材執筆する。ライフエッセイや実用書のブックライティング実績多数。日頃のノンフィクション系執筆は「望月衿子」とは別名で活動中。好きな動物は猫と熱帯魚。

働く女性に贈る27通の手紙

2018年9月13日　第1刷発行

小手鞠るい　望月衿子／著

装丁　名久井直子
イラスト　小幡彩貴
組版　alphaville
編集　松本貴子
発行　株式会社産業編集センター
〒112-0011　東京都文京区千石4丁目39番17号
TEL 03-5395-6133　FAX 03-5395-5320

印刷・製本　株式会社東京印書館

 ISBN978-4-86311-198-1　C0095